ダブルケア

新生児と（自閉スペクトラム症かも知れない）末期がん父
怒濤の110日間

荒井 美紀

目次

はじめに ── 7
一 胃がん発覚からの一年間 ── 12
二 四人暮らしの始まり ── 22
三 ドラマみたいに上手くはいかない ── 29
四 前途多難な育児 ── 33
五 「とんちんかん」な父 ── 42
六 大晦日の叫び声 ── 52

七　極限状態 ―― 61
八　気胸 ―― 75
九　余命宣告 ―― 83
一〇　肺の手術 ―― 92
十一　カンファレンス ―― 105
十二　在宅医療 ―― 111
十三　お宮参り ―― 122

十四　ショートステイ ―― 130
十五　悪夢のような夜 ―― 141
十六　入居の決断 ―― 157
十七　「がん友」の死 ―― 166
十八　面談、面談 ―― 178
十九　満開の桜の日に ―― 193
二〇　別れの準備 ―― 202
二十一　母の元へ ―― 211

追記 —— 227
著者略歴 —— 228

はじめに

「お母さんが迎えに来たよ」

保育園の教室の扉を開けると、息子が満面の笑みで飛びついてくる。先生への「さようなら」の挨拶もそこそこに、教室を出て走り出す息子。慌てて追いかけ、玄関で靴を履こうとしているところに保育園バッグから靴下を取り出して渡す。「遊ぶ！」勢いよく駆けていき、先にお母さんが迎えに来て園庭で遊んでいた同じクラスのお友達に合流する。

息子は三歳になったところだ。ブランコもすべり台も上手になった。お友達と「かくれんぼしよう！」と言い、遊具の影に隠れたものの、お互いに「もういいよー」「もういいよー」と言い合っている。どちらが鬼かわからない。

園庭のスピーカーから音楽が流れる。

「ほら、バイバイの音楽だよ。帰ろう」

「いやだ、まだ遊びたい！」

二歳特有のイヤイヤ期はもう終わったはずなのだが、とにかく母親の言うことを聞かない。他の子ども達も、程度の差こそあれみんな似たような感じだ。周りにいるお母さん達と協力し合って「ほらほら、みんなで一緒に帰ろう」と手をつながせ、何とか園を出る。

スーパーマーケットでも興奮気味でウロウロし、気になる食材に手を伸ばす。あかんよ、と注意しながら、ほしい物を急いでかごに放り込む。

やっとのことで帰宅し、手を洗うと、次は何をして遊ぼうかとリビングへ向かう息子。その背中に声をかける。

「これ、おじいちゃんにあげてきてくれる？」

先ほどのスーパーマーケットで買っておいたお団子を手にし、階段を上っていく息子の後を、私もついていく。寝室に置かれてある仏壇に、そっとお団子を供える。慣れた手つきで、鈴《りん》を鳴らす。

「ナムナムもしてね」

鈴《りん》だけ鳴らして手を合わせずに部屋を出ようとする息子を呼び止める。戻ってきて「ナムナム」をする息子。

その姿を見ながら、こんな風にして家に亡くなった人の仏壇があり、その仏壇に手を合わせることをこんな幼少期、もっと言えば赤ん坊の頃から見て知っている子どもは、どれくらいいるんだろうと考える。

「なあなあ、お母ちゃんお母ちゃん」

息子は、仏壇のそばに飾られている、自分の祖父母の遺影を見上げている。

「おじいちゃんは死んでるの？」

「そうやね。死んでるね」

「何で死んじゃったの？」

「お腹の病気やったんよ」

「お腹痛かったの？　おしっこ我慢し過ぎたんかなあ～」

「うーん、どうかな～」

息子は、珍しい状況の家に生まれたのだろうか。私達は、めったにない経験をしたのだろうか。

時々、ママ友達や、ママではない友人にも、息子が生まれてすぐの我が家の状況について話すことがある。新生児の育児と、父のターミナルケアが同時進行であったこと。出来る限り深刻にならないように、決して苦労自慢にならないように、そういえばあのときはこんな感じだったなあというくらいの軽い口調で話しているつもりだ。真剣に耳を傾けてくれる友人もいれば、目を伏せて何も言わない友人もいる。

何故だろう。面倒くさい話を聞かされたと思われたのだろうか。話をされても理解出来ないから、何も返事をしなかったのだろうか。でも。

私達と同じようなケースのご家族は、多くはないかも知れないが、全くいないわけではないだろう。今、まさに育児と同時進行で、親の闘病生活を支えたり、介護を行っている人達に、私自身も何度か出会ったことがある。晩婚化、女性の高齢出産化が進み、更に二〇二五年に超高齢化社会を迎えるにあたり、そのようなケースの人達は増えていくのではないだろうか。

だから、私達が直面した「ダブルケア」について語り、少しでも多くの方々に知っていただき、お役に立てることがあれば、と思う。

傍から見れば、私達がしてきたことは看病でも介護でも何でもないかも知れない。これを読んで、病気の親に対して何てひどいことを言ったりしたりするんだと私に対して思う人もいるだろう。父だって、自身の病気とポジティブに向き合おうというタイプではなく、いつもぐちぐち文句を言って自分の殻に閉じこもっているような人だった。テレビや映画に出てくるような、称賛されるべき「良い患者」では決してなかっただろう。

こんなダメな病人もいるんだ、こんなダメな娘もいるんだと参考程度に笑ってやっていただければとも思うが、「こんな家族の形もあるんだ」と、ご自身の家族をサポートしていく上での一助になれば、これ以上の喜びはない。

一　胃がん発覚からの一年間

事の始まりは、二〇一四年、夏の終わり頃だった。父が「げっぷが出る」と言い出した。

当時、私は二十九歳。結婚してちょうど二年で、実家から電車で二〇分ほどの距離にあるマンションで、八歳年上の夫と二人で暮らしていた。母は私が中学三年生のときに他界しており、父は私の結婚と同時に一人暮らしになった。一人娘の私は、家事の苦手な父を放ったらかしにしてはいけないと、一、二週間に一度は様子を見に帰るようにしていた。

何か用事があったか、いついつ帰るからと伝えるために電話したのだったか。その電話で「あのな、げっぷが沢山出てしんどいねん」と父は言う。げっぷなんて食事をしたら出るのは自然なことで、何を大げさに気にしているのだろうと電話を切った後に夫と笑ったが、その後しばらく経っても治まらず、食事の量も少し減ったと言い始めた。定期的に血圧の薬をもらっている内科で相談し、胃薬を一ヶ月分もらって飲んでみたが、改善しない。

「念のために検査受けてみる？」

もう七〇歳。一度くらい詳しい検査を受けておいても損はないだろう。父は病院が嫌いだったが、逆に私は医療の分野に興味を持ち、医療事務としてクリニックで働いている。クリニックの副院長は胃腸科の専門医で、胃カメラの検査も行っている。父の家からは少し遠いが、夫が休みの日に予約を取って、車で送ってもらえばいい。その方が、一人で検査を受けに行くより安心だろう。

「ほんなら、受けてみようかな」

いつも病院へ行くのをしぶる父が、このときはあっさりと承諾したので、たかがげっぷとは言えよほど不快なのだろうと感じた。でもきっと大したことはないだろう。検査をして原因を突き止め、症状にあった胃薬をもらえばすぐによくなるはずだと思っていた。

そして十一月半ば、夫に連れられ、父が私の勧めるクリニックにやってきた。

「今日はがんばりましょう」

「娘さんもついてくれますから、大丈夫ですよ」

副院長や看護師さんに励まされながら父は検査室に入る。ちょうど午前診の業務が終わった時刻で、私も父に付き添うために一緒に入る。

鎮静剤の注射が打たれ、父はすうっと眠りに入る。副院長が鼻の処置をし、胃カメラを挿入する。カメラがきれいなピンク色の食道を通り、徐々に胃に近づいていく様子がモニター画面に映し出される。どこも悪くありませんように。悪いところなんかあるわけがないと思っていても何故かドキドキしてくる。そのドキドキは、モニター画面に胃壁の大きな腫瘍が映った瞬間、一気に速く激しくなった。

父の胃の中には、がんがあった。たかがげっぷと思っていたが、そのげっぷは胃がんの症状だったのだ。

細胞診の結果が出てがんと確定すると、副院長はすぐにがん診療拠点病院であるY病院への紹介状を書いてくれた。バタバタと手術の日取りが決まり、全身の精密検査をして、入院。

当初、クリニックで行った胃カメラの検査結果では、父のがんは限局的で、腹腔鏡で切除出来る程度の大きさだと言われていた。しかしながらY病院での精密検査を進めるうち、胃カメラでは見つけることが困難な、胃の粘膜下層全体に広がるⅣ型の胃がんであることがわかった。手術するなら部分切除ではなく、胃を全摘しなければならない。だが手術直前、お腹に小さな穴を開けて行う腹腔鏡検査で、腹膜にも広範囲にがんが転移していることが判明し、手術は中止となってしまう。

「もう、助からない……？」

「……こんな状態では」

家族説明室で主治医のM先生から父の状態を聞き、治る希望を抱いていた私は、先生が自分の前に座っていることなんておかまいなしに声を上げて泣いた。父はもう、助からないんだ。がんは治らないんだ。

治らないけれど、がんの進行を抑え少しでも今の状態を長く保つため、点滴による抗がん剤治療を受けることになった。だがそれも、がんの影響で水腎症を起こしていることから、腎臓に負担をかけず、肝臓で代謝されるタイプの抗がん剤が選ばれた。M先生によると、胃がんでは三、四番手に使われる薬だとのことで、劇的にがんが小さくなることは期待出来なかった。それでも、がんが広がり厚く硬くなった胃の壁は、数度の治療で少し薄くなり、減っていた食事の量も増え、行きつけの喫茶店でのランチや、三度の食事に加えて昼と夜のおやつを楽しめるまでに回復した。副作用として、脱毛や手足のしびれ、頑固な便秘などが現れ、父はぶつぶつと文句や弱音を吐いていたが、多くのがん治療に関わってきたM先生によると、かなり軽い方らしかった。つるつるになった頭にキャップをかぶり、しびれて感覚が薄れてしまった足で転ばないようにと杖やシルバーカーを使いながら、日常生活をこなしてきたのだった。

胃がんとつき合いながらも父が安心して暮らしていけるよう、最大限のフォローをしよう。父の闘病生活開始と共に、夫と私の生活もガラリと変わった。

抗がん剤治療が始まると決まるや否や父を説得し、自分達のマンションを引き払って父と同居を始めた。イベントの音響を生業としている夫は、手持ちの音響機材を管理するための事務所を家の近くに借りた。私は正社員として勤めていたクリニックを、父の通院をサポートするためにパート勤務にしてもらい、体調が落ち着いてきたのを見計らって、近所の処方せん薬局で働き始めた。

三週間に一度、外来で抗がん剤の点滴を受けるときには、ほぼ必ず付き添った。夫が家にいるときは車を出してもらい、仕事でいない日は父と二人、電車で四〇分の距離を移動した。

食事にも気を遣い、父の好みのメニューに加えて栄養のあるもの、抗がん剤の副作用である便秘が少しでもよくなるようお通じに良いものを食卓に出した。前述したシルバーカーや、階段の滑り止めシートなども夫と相談して購入し、マヌカハニーの瓶もプレゼントした。マヌカハニーは高価なので財布は痛かったが、胃がんの原因の一つであるピロリ菌をやっつける効果があり、口内炎などにも良いとされている。気休めにしかならないかもと言いながらも、毎日スプーン一杯ずつ食べてもらっていたおかげか、副作用の一つと言われている口内炎は全く現れなかった。

旅行嫌いだった父を何度も説得し、初めての家族旅行にも行けた。行き先は、夫と私が気に入って毎年訪れていた小豆島だ。父が経理として定年まで勤めていた調味料メーカーの工場も小豆島にあった。思い入れのある島を一泊二日かけて回り、醤油工場の香りやオリーブ畑の景色を楽しみ、旅館ではこれでもかというボリュームのご馳走に舌鼓を打った。温泉では夫が父の背中を流してくれた。

旅行の説得にはM先生も加わってくれた。小豆島はM先生にとっても馴染みのある土地だそうで、診察室で島の魅力を事細かにプレゼンテーションしてくれ、しぶっていた父にイエスと言わせることに協力してくれた。外科医としての厳しい一面もあるが、ユーモラスで話の上手な先生だ。手術にも抗がん剤治療の経験にも長けている方で、私達はM先生が主治医であることをとても心強く思っていた。

外来で抗がん剤の投与を受けるための部屋「通院治療センター」にも、父によくしてくれる看護助手さんがいた。「がんばりや」と、父の肩をポンと優しく叩く明るい笑顔に励まされた。

そして何より、私達家族の励みになっていたのは、同じ胃がんで治療を受けているTさんの存在だ。

Tさんは、手術を予定していた入院の際に知り合った。ベッドが隣で、設備の使い方などを親切に教えてくれた。父が術前の腹腔鏡検査を行っている間、私の不安を少しでも和らげようと、自分の家族の話などを明るく楽しく聞かせてくれた。

Tさんは父よりも一年早くがんが見つかったのだが、そのときすでに手術が出来ない状態だったそうだ。M先生にかかって抗がん剤治療を受け、奇跡的に他の臓器に転移していたがんが全て消え、原発である胃がんの切除を行うことが出来た。退院後も外来で度々顔を合わせ、近況報告をしたり、また次回の診察でも会いましょうねとお互いに励まし合ったりしていた。

「僕達は『がん友』だからね」

Tさんは笑顔でそう言ってくれた。Tさんのように、父にも元気で長く生き延びてほしいと願ってきた。

他にも、行きつけの喫茶店の店員さん達や、喫茶店の常連のお客さん達、近所に住む親戚達。沢山の人達に励まされ、ときには力を貸してもらいながら、何とかここまでやってくることが出来た。

「荒井さんは、人生の最後の方で大変な目に遭ったけど、家族もいるし、恵まれてるよ」

M先生が前回の診察で父にそう声をかけてくれたが、まさにその通りだった。父はわかっているかどうか定かではないが。

胃がんが見つかって一年と少し。抗がん剤治療を受けた回数は、十六回。

喧嘩もしながら、マイペースな父に腹を立てながらも、私達は一生懸命力を合わせてやってきた。三人でがんばろう、三人で暮らしていこう。この先も、長く、出来るだけ長く。


私の妊娠がわかったのは、父との同居生活を始めて三ヶ月が経った頃だった。

正直なところ、予想外だった。父の体調が落ち着いてきた頃に受けた処方せん薬局のパート面接で、お子さんの予定はありますかと聞かれ、父の病気のこともあるので今は全く考えていませんと言い切ったくらいだ。

それが、働き始めて一ヶ月もしないうちに体調の変化が現れた。来るはずの生理が来ない。出血があり、よかった来た来たと思ったら、すぐにまたなくなってしまった。おかしいな、疲れが出てしまっただけならいいけどと思っていたら、何だか吐き気もしてきた。これってもしかして……。

勇気を出して検査薬を買い、父に気づかれないようにこっそりトイレで使った。陽性だった。妊娠している。まさか。そんなばかな。

このとき、私は夫と大喧嘩をしていた。夫は家の近くに借りた事務所にこもりっきりで、三週間近く口を聞いていなかった。父と暮らすようになり、三人での生活に慣れてきたというのを通り越し、お互いの生活スタイルの違いを上手くすり合わせることが出来ず、かなりギクシャクしていたのだ。些細なことでイライラし、溜まりに溜まったものが爆発しての大喧嘩。このまま別居のような生活が続くなら、離婚するしかないなと思っていた矢先だった。

話があるので帰ってきてほしいと夫に連絡し、妊娠したことを告げ、深夜に及ぶ長い長い話し合いの末に、この同居生活を仕切り直すことになった。産婦人科で詳しい検査を受け、確定したところで父にも報告した。

「お父さん。私、赤ちゃんが出来たんよ」

「そうか」

夫は仕事以外は家に帰ってきて、つわりで辛い私の負担を減らすために、家事や父の面倒を見るのを助けてくれた。父にも、手伝ってもらわないといけないことが増えてくるだろうから、お願いねと伝えた。体力作りも兼ねて、近くの神社まで散歩に行くようにしてみたらと夫と私で提案すると、それからほぼ毎日神社へお参りし、自分のがんが治りますように、美紀の赤ちゃんが元気に生まれてきますようにとお祈りしてくれていたようだ。秋には七五三の幟が神社を囲み、父はそわそわと嬉しそうに私達に報告してきた。

「七五三やて」

「それ、まだまだ先の話やで」

私達にツッコミを入れられ、ふふふと笑う父。孫の誕生を楽しみにしてくれていたようだ。

妊娠五ヶ月のとき、お腹の赤ちゃんは男の子だとわかった。私が生まれるとき、父は本当は男の子がよかったらしいので、喜んでくれるだろうと思った。私達家族がバラバラになるのを繋ぎ止めてくれた赤ちゃんを、きっとかわいがってくれるだろう。

四人で生きていこう。出来るだけ、長く。

二　四人暮らしの始まり

二〇一五年十二月十四日。待ちに待った息子が誕生した。

前日の朝から前駆陣痛があり、産院に電話で指示をもらいながら自宅待機していたが、夜になって陣痛の間隔が一気に短くなり始めた。仕事先から猛ダッシュで帰宅した夫に車を飛ばしてもらい、日付が変わる頃に入院。早ければあと三時間くらいで生まれてくると助産師さんに言われたものの、赤ん坊が上手く顎を引けず産道に引っかかってしまい、二時間いきんでも全く降りてこなかった。痛い痛いとわめきながらいきみ続け、朝になってようやく出てきてくれたのだった。

想像はしていたが、こんなにも大変なものだとは思わなかったというくらい出産は痛かったし苦しかった。それでもまだ早く生まれてきてくれた方なのだろうが。

夜通し付き添ってくれた夫が、無事に息子が生まれたのを見届けた後、眠気で朦朧としながらもテレビ局に応募メールを送ってくれた。夕方の報道番組「かんさい情報ネットｔｅｎ．」の中に、その日生まれた赤ちゃんを紹介する「めばえ」という人気コーナーがあり「出たいね」と妊娠中からずっと話していたのだ。胃がんのおじいちゃんが闘病生活の傍ら孫の誕生を心待ちにしていたことなど、応募メールに思いの丈を書き連ねたそうだ。だめもとだったが、数時間後「めばえ」のスタッフの方から夫の携帯電話に連絡が入った。

「今日の取材は、あなた方に決まりました」

驚いたし嬉しかった。夫は奈良に住む自分の両親に電話をかけて呼び寄せ、大急ぎで自宅に戻り、父も産院へ連れて来てくれた。番組スタッフの方々が来て、眠っている息子や、夫と私がインタビューに答える様子の撮影が行われた。

夕方、父と夫は自宅で、私は一人病室で、テレビ画面を見守った。映像の中で自分達がしゃべったり笑ったりしているのが不思議だった。私が緊張して真面目な受け答えばかりしているのに対し、夫は「美男子でしょう!?」と生まれたての我が子を面白おかしく絶賛している。わずか一分半ほどのＶＴＲだが、私達家族が息子の誕生を喜ぶ姿がしっかりと収められている。

皆で息子を囲む場面が映ると、私に抱かれた息子の小さな手を、隣に座る父がツンツンと指でさわり、目を細めて笑っている。息子が原始反射で父の指をきゅっと握ったのを「わあ、握ってくれるん」と喜ぶ父。小さな命の誕生に癒される父の幸せそうな笑顔が、画面の中にあった。

これは私達家族の大切な記念だ。この先我が家の宝物になることに間違いない、大切な映像となった。

出産から五日後に退院。午前中に産院を出るのが一般的だが、夫には仕事があったため、終わってから迎えに来てもらうことになっていた。

息子に授乳し、この日のためにと用意していた晴れ着に着替えさせる。入院中は着替えも沐浴も全て新生児室でやってくれていたので、まともに一人で着替えさせるのは初めてだった。慣れない手つきでもたもたと脱がせて着せてしていると、気持ち悪いのか、寝ていたはずの息子は号泣してしまった。

夫が到着し、産院のロビーで三人での記念写真を撮ってもらう。妊婦健診で通っている頃、同じようにして記念写真を撮ってもらっている家族を見て、私もあんな風にして退院していくのだろうかとワクワクしていた。何て幸せいっぱいの光景なのだろう、と。ところが今の私は、出産の際の出血がもとで貧血になりくらくらするし、赤ん坊が産道を通るときに開いた骨盤はまだぐらぐらしていてしっかり歩けない。更に、入院中は母子同室で息子のお世話をしていたためまともに眠れず、目の下には真っ黒なクマが出来ていた。それでも、待合コーナーで健診の順番を待っている妊婦さん達からすれば、私が妊娠中にそう思ったのと同じように、幸せな家族に見えるのかも知れない。

車のチャイルドシートに息子を乗せる。職員さん達に見送ってもらいながら出発。角を曲がり、産院が見えなくなる。胸がいっぱいになって、泣けてくる。「よかったねえ～」

もう夕方、西の空が夕焼け色に染まっている。産院からずいぶん離れたところまで来ても、私は涙が止まらない。夫も泣くのをこらえながら運転している。

家族がもう一人増えたことが嬉しいだけではない。これまでの一年間は、私達にとって予想もしなかったことだらけで、波乱の連続だった。闘いだった。涙が出ないわけがない。

家に着くと、息子を迎え入れられるようにと綺麗に整理していたはずの部屋は、夫の脱いだ服や使った仕事道具で散らかっていた。無理もない、この部屋はこれまで夫が自分の仕事部屋として使っていたのだ。三階建てで部屋数もそれなりにあるものの、父と私達夫婦と息子の三世代家族になるにあたり、どの部屋が息子を育てるのに一番適しているか、息子の泣き声などが父の迷惑にならないかを考えた末に、夫が使っていた一階の和室を選んだのである。夫は連日の仕事と産院への面会、父の生活のフォローなどで、部屋を片づけている余裕はなかった。

とりあえず、ベビーベッドの上に置かれている物をどかせ、ベビー布団を敷き息子を寝かせる。父が二階からゆっくりと降りてきた。息子を見にやってきたのだ。

生まれて間もない息子のために、大慌てで環境を整えようと右往左往している私達に、父は何と声をかけたのだったろう。普段通り「おかえり。ごくろうさん」と言ってくれたのだったっけ。そろりそろりとベビーベッドに近づき、寝かされた赤ん坊を覗き込む。

私がトイレに行っている間に、夫と父の「わあああ！」という大きな声が聞こえてきた。続いて笑い声。何事かと部屋に戻ると、息子のおむつを取り替えようとして、おしっこを飛ばされたようだ。肌着がびしょびしょに濡れてしまい、てんやわんやになりながら着替えさせている夫。隣で「ふふふ」と笑いながら見ている父。

その後も、産院では起こらなかったようなハプニングが続いたが、息子にミルクを飲ませ、ようやく自分達の食事の準備に取りかかる。夫が回転寿司のお店まで出向き、寿司のセットをテイクアウトしてきてくれ、味噌汁も作ってくれた。簡単だが、赤ちゃん誕生のお祝いだ。

二階にはキッチンと居間があり、居間は二ヶ月ほど前から父が寝起きをするのに使っている。抗がん剤の副作用である足や腰の関節痛が強く出て、階段の上り下りが辛くなったときに、元々父の寝室があった三階からベッドを移動させたのだ。ここなら、トイレもすぐ近くにあるし安心でしょう、と。

その居間のこたつの上に寿司や味噌汁を並べ、みんなで囲む。息子は私の隣でクーファンに寝かされ、よく眠っている。

入院中に夫から聞いていた通り、父の食事量は増えているようだ。寿司も味噌汁もしっかりと平らげた。十一月の下旬から体調が思わしくなく、食べた後に吐いてしまったりして一日寝込むことが続いていたのだった。よかった。この調子なら、新しい家族が加わっても、みんなで助け合って暮らしていけるだろう。きっと大丈夫だろう。

食べ終えた後、眠気と産後の腰痛に耐え切れず、こたつに横になりウトウトしてしまう。一階で夫がガチャガチャと大きな物音を立てながら何かしている。いちいち階段を上り下りするのは産後の体の負担になるため、育児部屋で楽にミルク作りが出来るよう、ポットや電子レンジなどをセッティングしてくれているようだ。ありがたい。

父は、初孫にかまうわけでもなく、出産という大仕事を終えて帰ってきた私を気遣うわけでもなく、いつも通りこたつに入りテレビを見ている。

三　ドラマみたいに上手くはいかない

寝たのか寝ていないのかわからないまま、帰宅翌日の朝を迎えた。昨晩の食事のときには静かに寝ていた息子は二十二時頃から泣き始め、夜中も授乳やおむつ替えに追われた。隣で寝ている夫も一緒に起きて、ミルクを作ったり飲ませたりするのを助けてくれた。

産院は全室個室、一人ぼっちでお世話をしていたので不安でいっぱいで、他のお母さん達はてきぱきとお世話をして寝かしつけているのではないか、私だけがこんなに不慣れで、いつまでも息子を泣かせてしまっているのではないだろうかと思ったりもしていた。家に戻り、産院とは違う環境で育児をしていくことに対する不安もまたあったが、夫が隣にいてくれるという安心感もあった。だが、夫は仕事にも行かなければならない。

夫が家を出た後、育児部屋に息子と二人きりで残された私は泣いていた。乾燥して夜中にポロリと外れた息子のへその緒を、どこかに失くしてしまったのだ。ベビーベッドの枕元に置いておいたつもりなのにいつの間にかなくなっていて、探しても探しても見つからない。

「ごめんね。大事なへその緒をなくしてしまったよ。ない、ない」

私が泣いているのにつられてか、息子も泣いている。ベビーベッドの下に落ちていたのをようやく見つけ、事なきを得る。

不安である。息子はその後もずっと泣き続け、私はおむつを替えておっぱいをあげ、ミルクを足した。完全母乳を目指していたが、まだポタポタと滴り落ちる程度の量しか出ておらず、ミルクも作って飲ませなければならなかった。

狭い四畳半の部屋にベビーベッドと、大人が眠るための布団を敷いている。わずかな隙間には退院時の荷物と、産院でもらったベビーグッズやカタログなどが入った大きな袋が打ち捨てられるように置かれたままだ。片づける余裕なんてない。

お昼頃に義母が様子を見に来てくれることになっている。それまで私一人でこの子のお世話が出来るだろうか。早く来てほしい。

と、部屋の扉をノックする音が聞こえた。そっと扉を開けて、父が入ってくる。

「何か手伝うことある？」

私はまだ朝食を食べていなかった。二階のキッチンに置いてあるパンを持って来てもらうよう父にお願いする。洗濯した息子の肌着を干したかったので、ハンガーも持って来てもらうことにした。しびれる手足で、ゆっくりと階段を上り下りし、パンやハンガーを部屋に運んでくれた。手がしびれて上手く持てないからと、ハンガーと洗濯ばさみはまとめてレジ袋に入れて持って来てくれた。

「助かったわ。ありがとう」

「また何かあったら言うて」

「ありがとう」

息子の顔を少し見て、父は二階の居間へ戻っていった。たったこれだけのことと思われるかも知れないが、本当に助かった。たったこれだけの手助けでも、父が育児に協力しようとしてくれているその気持ちが嬉しかった。

喜んでくれるだろう。きっとかわいがってくれるだろう。そんな私達の期待通り、冬が近づくにつれて体調が悪化し、もしかしたらもう抗がん剤も続けられなくなるかも知れないという状態にまでなっていた父は、孫が生まれた途端に元気を取り戻し、足取りもしっかりして食事も沢山食べられるようになったのだ。私の入院中、産院から電話をかけると、夫が作ったクリームシチューと残り物の味噌汁をいっぺんに食べたよ、と笑いながら聞かせてくれたが、そんなことは少し前の状態からは考えられないことだった。

奇跡だ。ドラマみたいじゃないか。

明日もきっと、父は同じように育児部屋の戸を叩き「何か手伝うことある？」と尋ねてくれるだろう。ゆっくりと、しかし懸命に階段を上り下りし、私の小さな頼み事を叶えてくれるだろう。

だが、その前向きな予想は大きく外れることとなった。

四　前途多難な育児

翌日、父はふらつきがひどいと言い、買い物にも、行きつけの喫茶店のランチにも、神社のお参りにも行かなかった。足元もかなり不安定だ。ふらつきは胃がんが見つかった頃から頻繁に訴えており、元々持っている軽い貧血のせいか、血圧の変動のせいか、それともがんによる症状の一つかと原因を探ってみたが、答えは見つからないままだ。たまたま体調が優れなかっただけならいいのだが。

その次の日はランチにも行けたし、帰りにポカリスエットを買ってきてと頼むと、ちゃんと買って部屋まで持って来てくれた。よかった。大丈夫そうだ。

が、夜になり、雲行きが変わった。息子をクーファンに乗せて居間に運び込み、父と一緒に夕食をとっていたときのことだ。息子のお世話でくたくたに疲れている夫と私に、父は愚痴を言い始めた。

「このこたつはあかん。全然ぬくまらへん」

「ほな新しいの買おうか？」

「……」

「お父さん、ちゃんと温度調節してるの？」

スイッチを強に合わせると、こたつの中はきちんと温まった。

他にもいくつか、とるに足らないようなしょうもない愚痴をこぼす父。だが初めての育児でいっぱいいっぱいの私達は、そのしょうもない愚痴を受け止める余裕はなかった。普段は父にきつく当たったりすることのない夫が、珍しく冷たく言い放った。

「僕達は今、赤ちゃんのお世話をがんばってるねん。水を差すようなこと言わんといてくれ」

気まずい空気が部屋の中に流れるが、気を取り直して、父に息子を抱っこしてみてよと二人で言った。父は眠っている息子を眺めることしかまだしていなかったのだ。

「手がしびれてるから……」

最初は遠慮していたが、あぐらをかかせてその上に息子をそっと乗せた。おお、と嬉しそうに息子を指でさわる父。もぞもぞと動きながらその指をつかむ息子。何て微笑ましい光景なのだろう。すかさず写真に収めた。

そういえば、妊娠中に受講した市の両親学級で、保健師さんが説明していた。

「生まれたばかりの赤ちゃんは、まだまとまって眠ることをしません。たとえば、泣いていて、おっぱいとおむつ交換をします、二時間後にまた泣きます、おっぱいとおむつを替えます、また二時間後に泣きます……この繰り返しなんですよ」

二時間おきかあ、大変だなあと、このときは他人事のように思っていた。でも、授乳と授乳の間の二時間は赤ちゃんは寝ていてくれるから、お母さんも仮眠出来るんでしょ。お世話をしているうちに体が細切れ睡眠に慣れてくるよと先輩ママ達からも聞いていたし、大丈夫だろう。積極的に育児に関わろうと意気込む夫とも話し合いを重ね、むしろ楽勝で子育てを進めていけるんじゃないかとまで考えていた。

実際はそんな甘いものではないことを、産んでから思い知った。

息子は日中は微動だにせず眠っているのに、夜は何をしてもよく泣き、寝ない。寝入ったと思いベッドに置こうとするとまた泣く。ベッドに寝かせることが出来ても、しばらくするとふええええとぐずり出す。おむつを替えておっぱいを飲ませる。おっぱいが終わるとおむつをチェックし、濡れていたら替える。一旦育児部屋を出て、夫が置いてくれたポットのお湯でミルクを作り、哺乳瓶を洗面所に持って行き流水をあてて冷ます。程よい温度になったら部屋へ戻り息子に飲ませる。この間、息子はずっと泣いているので、早くミルクを飲ませないとと思って気が急く。飲ませ終わったらもう一度おむつのチェック。濡れている。替える。替えたと思ったらうんちが出る音。また替える。一連の流れを終えるとそれだけで一時間ほど経っている。残りの時間は仮眠に充てたくても、息子が泣き止まなければずっと抱っこしていなければならず、まともな睡眠が取れることはほぼなかった。

早くミルクをやめて母乳が沢山出るようにしていきたかったので、次の授乳の時間に合わせて目覚まし時計をセットして起き、息子がぐっすり眠っていても起こして授乳した。ミルクを足した後もまだ泣くときは、再びおっぱいを吸わせたりもした。何度も吸ってもらうと母乳がよく出るようになると産院で教わっていたので、一日一〇回以上吸わせた日もあった。あげ方も下手だし息子もまだ上手く吸えないので、乳房に母乳が溜まりカチカチに張って痛くなることもあった。それに入院中に切れてしまった乳首はなかなか治らず、授乳していないときでもヒリヒリと痛んだ。

また、夫と私のこだわりで、妊娠中から布おむつを使おうと決めていた。入院中は産院で支給された紙おむつと使い捨てのおしりふきを使っていたが、退院翌日の朝から布おむつを使い始めた。おしりふきも、家にあったガーゼを小さく切り、端がほつれないようにミシンで縫って、霧吹きに入れた水で濡らしてお尻を拭いてあげた。紙おむつはおしっこが出てもすぐに吸収してサラサラの状態に戻るが、布おむつは替えるまで濡れたままなので、おしっこのアンモニア成分でかぶれてしまうことがあると聞き、おむつ替えの度にお尻を丁寧に拭いた。

ごみのことを考えなくて済むこと、経済的だし、何より布と水だけだから肌に優しい。

その代わり、毎日何枚もの布おむつやおむつカバーを洗濯しなければならない。前述したように一回の授乳ごとに三、四回おむつを替えることもあるし、紙おむつとは違ってこまめに替えなければおむつカバーから漏れてしまう。実際一日に何度もおしっこが漏れて、そのたびに肌着も全部取り替える羽目になった。おむつを開けた瞬間におしっこを飛ばされることもあるし、運が悪ければシーツも濡れた。ミルクを吐き戻したときも全部取り替え。肌着は先輩ママ達から沢山お下がりをもらって、これだけあれば三つ子が生まれても大丈夫だねなんて冗談を言っていたのに、一人でも足りないときがあるくらい何度も何度も着替えさせた。更に、うんちが出るとおむつにべったりついて染みになるので、替えた後すぐに石けんと洗濯板を使って洗面所でゴシゴシ洗った。さすがにこれを夜中にやる体力も気力もなく、息子に申し訳ないと思いながらも、夜中は紙おむつを使うことにした。

思うようにいかないおむつ替え。一生懸命吸わせるけれどなかなか出ないおっぱい。慣れないことを毎日毎日、昼も夜もなくやり続けなければならない。いつ終わりが来るのかわからない。いや、息子がいるのだから、終わりはないのだ。私達は命を預かっているのだ。

抱っこしてもずっと泣いている。何で泣いているのかわからない。自分の食事をするタイミングが取れない。テレビを見る余裕もない。夫が助けてくれるが、夫の方が抱き方が上手いような気がする。私の抱き方は下手なのだろうか。抱っこと言えば、入院中に巡回に来てくれた助産師さんが息子を抱き上げて「この子は抱っこが好きですね」と私に言ったことがあった。正直全然わからなかった。こんな小さな新生児が抱っこを好んでいるかどうかなんて、どうすればわかるの？

どんどんどんどん自信がなくなっていく。他の人達が見たら笑うんじゃないだろうか。調子に乗って「めばえ」に出演したりまでしたけど、実際はまともにお世話も出来ていないじゃない、と笑われるんじゃないだろうか。

退院からわずか三日後、限界を感じて大泣きしてしまう。私はこの子のお母さんなのに、何でこんなに出来ないこと、わからないことだらけなんだ。十分がんばってるよと夫に慰められても立ち直れずにめそめそと泣いた。

手探りでやっていくしかないのだから仕方ない。でも最初からこんなにいっぱいいっぱいになっていてはだめだ。市の保健センターに電話して、保健師さんにわからないことを片っ端から聞き、息子の様子も見に来てもらうことにした。電話した二日後に来て体重を測ってくれ、おっぱいの吸わせ方もチェックしてもらった。不安な気持ちも時間をかけて聞いてくれた。いつでも相談に乗ってくれて、家庭訪問までしてくれる機関が身近にあるということをこのとき初めて知り、少し気持ちが楽になった。その日の夜は母乳だけで眠ってくれた時間帯もあった。

産後一ヶ月間は産褥期と言って、赤ちゃんのお世話以外はなるべく体を休めなければならない。そうしないと開いた骨盤が元に戻らず、様々な体調不良を引き起こすからだ。確かに、夫が仕事で家を空けている日、父と自分の食事の用意をしようとキッチンに立つと、ほんのわずかな時間でもお尻の辺りがどんどん重だるくなっていくように感じられた。胃や腸などの内臓が下がってきて、開いた骨盤の中に入り込んでしまうのだ。息子の寝ている隙をねらって産褥体操をしていたので、歩いたり階段を上り下りするのは少しずつスムーズに出来るようになってきたが、それでも腰痛はなかなか治まらず、腰をかがめてベビーバスに息子を沐浴させるのは大変な作業だった。おむつ替えも腰が痛い。授乳のときは円座クッションにあぐらをかいて座る。それも出来ないときは丸椅子にクッションを置いて、その上に座った。

赤ちゃんのお世話以外はなるべく休む。だがお世話だけでもけっこうな重労働だし睡眠時間も削られるので、休んでいる気は全くしなかった。朝は一〇時頃まで眠り、夜中のお世話に備えて日中も息子がおとなしく寝てくれているタイミングで一緒に横になる。夫は朝から息子の肌着や布おむつを洗濯し、大人の洗濯物を回し、私の朝食用のトーストを部屋まで持って来てくれ、昼食を作り、買い物へ行き、夕食を作りと、一日中一階から三階を行ったり来たりしていた。だからこの頃の記憶として、夫がせわしなく階段を上り下りする音が強烈に耳に残っている。夜中はおむつ替えや授乳をフォローしてくれたりと、本当に息つく間もなかった。仕事で突然広島へ呼ばれて深夜に出発し、仕事仲間の車で次の日の深夜三時半過ぎに帰ってきたのに、二十二時から全く泣き止まない息子に手を焼いてくたくたに疲れ果てた私に「もう無理！　私じゃ泣き止まない」と押しつけられ、そのまま息子が泣き止むまで二時間ほど抱っこしていたこともある。実は仕事でぎっくり腰になり、相当辛かったようで、合間を縫って整骨院で治療してもらっていた。申し訳なかった。申し訳なかったけれど、いっぱいいっぱいだった。

「一ヶ月過ぎたら楽になるよ」「三ヶ月くらいになったら夜ぐっすり寝てくれるように

なるよ」と周りから言われはしたが、「今」辛いのだ。そんな先のことは正直想像出来ない。ただただ今の息子のお世話をこなすので精一杯なのだ。

私達二人ではとても新生児の面倒を見切れないことがわかったから、これからは父にもどんどん助けてもらおうなんて思っていたわけではない。先にあった出来事のように、パンやハンガーを持って来てくれるくらいの、外出ついでに足りないものを買ってきてくれるくらいの手助けでよかった。父もがんばろうとしてくれていることはわかっていた。

だが、父が私達を手伝おうとがんばってくれたのは、退院翌日のあの一日だけだった。

そして、理解し難い行動が目立った。義母が手伝いに来てくれても、挨拶もそこそこに「今日はあかん。ふらつく」と繰り返し、部屋を出て行ってしまう。ふらつく、転びそうと言いながら足元にノートやボールペンなどを散らかして、それを踏んづけて歩いている。行きつけの喫茶店には歩いていけた日でもお風呂には入らない。

父は一体何がしたいのだろう。

五　「とんちんかん」な父

父は私が幼かった頃から、もっと言えば父自身が幼かった頃から、周囲には理解出来ない独特の生活リズムを持っていた。

日々の細かいことで言えば、父は一日の生活リズムを崩すことを好まない。朝起きる時間も、タバコを吸うタイミングも一日に手に取る本数も、トイレに行くタイミングもほぼ同じ。夕方になると家中の雨戸を閉めて回り、寝る時間が来るのを待つかのごとくテレビの前に座る。そのテレビも面白いから見ているのではなく、決まり事のようにつけている。もちろん、日によっては楽しみにしている番組もあったようだが。

学生時代は優等生で、会社の仕事も真面目にこなし、信頼を得ていた。地図帳など細かいものを眺めるのが好きで、日記も毎日つけていた。しかしながら運動はからきしだめで、歩くのもとても遅い。家族で出かけても母と私が二人で先を歩き、二〇メートルくらい離れて父がのろのろと後をついてくるような感じだった。母は父のことを「末っ子で甘やかされてきたから何も出来ないのよ」と言っていた。

母が病気になり入院したとき、父は「仕事に行くだけで精一杯」と、ほとんどお見舞いに行かなかったのに、いざ母が亡くなるとパニック状態になり、通夜でも葬儀でもハンカチをびしょびしょにして泣いていた。葬儀社との打ち合わせのときも、簡単な質問をされてもわからないわからないと繰り返し、困った親戚達が私に聞きに来るほどだった。

「あの人は、幼稚園児をそのまま大きくしたような人だ」

一家の主としてあまりにも頼りなく常識知らずな父を見て、親戚が言った。私の目にも、父は自分の生活を守ることとしか考えていないように映った。学校で配られた保護者宛ての手紙にも目を通さず、家事も何一つ協力しない。中学・高校と演劇部に入り、大学入学後は社会人の人達に混じって演劇活動をするようになったが、舞台公演のチラシを見せても「しんどいから」と、一度も見に来てくれたことはなかった。

私は父に無視されている、放置されている、そんな風に感じた。住む場所を与え、お金を渡しておけばいいとでも思っているのか。父を憎むようになり、結婚するまでの十三年間、まともに口を聞かなかった。

大学で心理学を勉強するうち、もしかしたら父の独特な生活リズムや、他者からは理解し難い言動は「自閉スペクトラム症」によるものではないかと考えるようになった。

これまで定義されてきた「自閉症」や「アスペルガー症候群」などが統合された「自閉スペクトラム症」は、発達障害の一つである。スペクトラムとは「連続体」という意味で、誤解を恐れずに言えば「程度の差」である。症状が強く現れていてそれが社会生活に支障をきたすとなれば、検査結果なども考慮した上で脳の機能障害として診断され、必要に応じた治療を受けることとなる。が、健康に普通の暮らしをしている人にだって、ちょっと当てはまるなあということはある。

だから、学生レベルの見立てでは、父が本当に自閉スペクトラム症であると断言は出来ないのだが、父を見れば見るほど当てはまるような気がした。他者とのコミュニケーションも苦手だ。空気の読めない発言をして冷ややかな目で見られることもよくあった。とんちんかんなことをして私が怒ると、言い訳をするでもなく怒り返すでもなく「ごめんなさい！」と吐き捨てるように言うだけだ。何より、何故自分が怒られているのか、理解していないように感じられた。

精神科の医師に、父のそういった言動について尋ねる機会があった。

「その可能性はあるかも知れない。でも、お父さんはもういいお年だし、今更病院に連れてきて検査したり治療したりするのはかえって負担になるだろうから、そっとしておきなさい」

その時点で父は六十三歳。すでに会社も定年退職していた。時代の流れで、現在では子どものうちに発見され、適切な対応を受けられるケースが増えてきているが、昔は発達障害という概念そのものが周知されておらず、見過ごされてきた大人は多い。父に「あなたは脳に障害があるから、病院に行って診てもらおう」と言っても聞き入れてはくれないだろう。第一、父は自分が周囲を困らせていること、それによって自分が生きづらくなっていることにさえも気づいていない。

父の言動は脳の障害のせいだから仕方ないのかも知れないと思うと、幾分気が楽になった。しかしながら身近にいると冷静になることが出来ず、事ある毎にイライラして父に怒鳴り散らすこともあった。父のことが許せなかった。

結婚して夫が間に入ってくれるようになり、また、離れて暮らすことで、ようやく父に優しく接することが出来るようになっていった。だが再び一緒に生活するようになると、見たくもない聞きたくもない父のとんちんかんな言動を、目にし耳にせざるを得なくなった。胃がんのことも相まってか、こちらが歩み寄ろうとするとすぐに甘えた態度を取り、自分で出来ることも私達に手伝ってもらおうとしたり、治療や副作用に関する愚痴を聞くに堪えないような言い方でこぼす。せっかく周りの人からアドバイスをもらっても耳を貸さずに「言うのは簡単や」と悪態をついたり、スーパーマーケットに一緒に行くと「どけ」と前にいる人を押したりする、なんて子どもじみた行動を取ったりもした。

腹が立ちながらも、理解しようと努力したつもりだ。発達障害の相談機関に問い合わせて、話を聞いてもらったこともあった。覚えられない、耳で聞いても理解出来ないことは、紙に書いてわかりやすく伝えるようにもした。しかしながら、一般的な方法だけで対処出来れば、私達はこんなにも困っていない。父の怠慢や勝手な自己判断なども合わさり、工夫してもほとんど上手くいかなかった。

積もりに積もった父への苛立ちや憎しみは、そう簡単に失くすことは出来ない。「普通のお父さんがほしかった」と夫に漏らしたこともあった。親としての役目を果たしてこなかった、頼りない父。

夫がいてくれなければ、同居生活は崩壊していただろう。私が父を叱り飛ばすたびに、夫がなだめてくれた。

「お父さんさあ、狼少年的な要素が多分にあるやん。そこまでしんどくないのに大げさに振る舞ったり。俺はまだ少ししか一緒にいないから割り切ることも出来るけど、君はお母さんが亡くなってから二〇年近くも『狼が来たぞ～』って言われ続けてるねんから、無理もないよ」

孫が生まれたら、父にも少しは良い影響があるのではないかと期待していた。あんなに楽しみにしていたのだ。でも、それも甘い考えだったのだろうか。

父のちぐはぐな行動が、どんどん私達との溝を深めていく。

深夜、授乳の後に二階へ何かを取りに行ったときのことだ。父がトイレに起きていた。それはいいのだが、襖《ふすま》の開いた部屋は真っ暗。電気をつけずにトイレまで歩いて行ったようだ。トイレの扉が開いている。「ふらつく」「転びそう」と自ら訴え、私達からも「座りなさい」と口酸っぱく言ってきたのに、立って用を足している。出てくるときにスリッパが脱げる。ふらつく足先でスリッパを引き寄せようとするが、もちろん取れない。手で取りなさいと言っても聞こうとしない。

「ちゃんと電気をつけなさい、用を足すときは座りなさい、あれほど言ってきたでしょう。何でやらないの？」

父は「寒いから」とだけ言って下を向いた。寒かったら立っておしっこするの？　意味がわからない。

いつまでも下を向いたままなので「今私が何を言ったかわかってる？　転ばないためにはどうすればいいの？」と尋ねた。もじもじするだけで何も答えない。「わかってないの？　何でわからへんの？　話聞いてないからやん。黙って下向いとけばいいと思ってるからやん」

孫が生まれたときのあの元気はどこにいってしまったのだろう。私達に迷惑をかけないようにする気もないのだろうか。

いつでも育児部屋に赤ちゃんを見に来ていいからねと言ってあるのに、自分が夕食を食べた後の歯みがきのついでにしか覗きに来ない。しかもそのときは大抵息子は眠っていて、私も横になって休んでいる。ノックされて「赤ちゃん起きてる？」と聞かれ「寝てるよ」と答えると「じゃあいいわ」と顔も見ない。何や、起きてないと見る価値ないんか？　赤ちゃんは起きてるときは泣いてるときだよ。私達は一生懸命あやしてるよ。そんなときに見に来るつもりか？

ほどなくして自分から部屋に来ることもなくなった。バタバタしてるから気を遣っているのではないかと夫が気にして、昼間見においでよと言うと、沐浴から息子を上げて、体を拭いて服を着せてと一番バタバタしているタイミングでやってきた。空気が読めない。湯冷めして風邪をひくから早くドアを閉めてと言っているのに開けっ放しにする。

自分の食べた食器も洗わない。毎日家の中を走り回っている夫が怒っている。

「お父さん、何もせえへん」

居間でずっとうつむいているだけだ。退院後、夕食は父の食べる時間に合わせて居間へ料理を運び、息子もクーファンに乗せて運び込み、一緒に食べるようにしていたが、私達にとってはそうすることももう限界だった。しょうもない愚痴を聞かされるのも嫌だった。クリスマスに父は居間で、私達はキッチンで食事をしたのを境に、別々に食べるようになった。

朝、ポストに新聞を取りに来ることもしない。仕方がないので夫が居間へ持っていく。よかれと思って手伝ったつもりなのだろうが、夕食の鍋にうどんを入れるから、ごはんは炊かなくていいよと伝えた日に、お米を洗っている。更には「お父さん、それはあかんわ」と夫がいつになくきつい口調で父を叱っている声が聞こえてきた。後で聞くと、キッチンの排水溝を掃除するためのたわしでフライパンや鍋を洗っていたのだった。

「めちゃくちゃやん。何考えてるねん……」

次の日はタイミングよく夕方に部屋へやって来て、ミルクをあげているのを座って眺めていた。それはいいのだが、いつまで経っても部屋から出て行こうとしない。いるならいるで息子を見たりあやしたりしてくれればいいのに、ずっと無言でうつむいたままだ。何をしに来たのかわからないじゃないか。

父の体の臭いがふっと気になった。昨日お風呂には入ったはずなのだが……。

「お父さん、下着は毎日ちゃんと替えてるの？」

父は入浴を嫌がり、何度言っても二、三日、ひどいときには四、五日に一度しかお風呂に入らなかった。下着も入浴のときにしか替えない。用を足すのが下手なのか何なのか、前も後ろも汚している。それを私が洗濯のたびに風呂場で下洗いしていた。妊娠中、切迫早産の傾向があり安静の指示が出ていた時期は、夫が普通の洗濯物と分けて洗ってくれていた。他のものとは一緒に洗いたくないと思うくらい汚れていた。私だって嫌だったけど、毎日穿き替えるよう何度父に伝えても聞いてくれなかったので、仕方なく手洗いしていたのだ。出産してからもそれは続いていて、腰痛で自分の体もまともに洗えないのに、寒い風呂場で父のパンツを洗うのは苦痛でしかなかった。

このときも「替えてない」という答えだったので、なぜ毎日替えないのか尋ねた。

「今までの習慣かなあ……」

私がどうやって下洗いしていたかも知らなかったらしい。日々の父に対する不満でイライラはピークに達していて、息子を抱っこしたまま父にキレた。

「私がどうやって洗ってたか聞いてどう思うん？」

「大変やなあと思う」

「何がどう大変なん？」

「手間やし時間の無駄やし……」

あんたからうんちのにおいがして臭いねん、と我慢出来ずに言ってしまった。まるでいじめだ。「次ちゃんと穿き替えてなかったら紙おむつにしてもらうからね!!」自分の子どもには布おむつを使っているのに、親には紙おむつにしろなんて、どういう皮肉だ。

息子は私の腕に抱かれて固まっている。母親が怒鳴っている声なんて聞きたくないに決まっている。目を逸らしている。その顔を見て、悪いことをしてしまったと思ったが、限界だったのだ。限界をとうに超えていたのだ。父のために一緒に暮らしているのに、私達の生活を父に邪魔されているという思いがどんどん強くなっていた。

六　大晦日の叫び声

十二月三十一日。

年越しとか、お正月とかいう感覚はなかった。そんなものはどうでもいい。息子誕生の報告を兼ねた年賀状は夫が印刷してくれて、何とか年内にポストに投函出来た。この日は夫が奈良の義実家におせちをもらいに行ってくれる予定だった。

夜中三時半頃に目を覚ましてぐずっていた息子は、母乳とミルクで四時半には寝てくれた。私も横になり再び眠りにつく。それから一時間もしないうちに、息子の泣き声ではない声で目が覚めた。

あああああ、ああああああーと誰かの叫んでいる声が聞こえる。夢かなあとぼんやりまどろみながら考えるが、次の瞬間ハッと覚醒する。夢じゃない。父が二階で叫んでいる。今までにも、抗がん剤の副作用で膝が痛くて起きられなかったときや、トイレで吐いたときにうめいていることはあった。でもそれらとは全く違う。聞いたこともないようなけたたましい絶叫だ。隣で寝ている夫を起こす。

「お父さんが……」

飛び起きた夫の方が先に二階へ駆け上がった。私はまだ腰が痛くて上手く歩けず、でも後から追いかける。胃がんの影響で吐血でもしたらどうしようと以前から恐れていたが、今回は吐血しているかも知れない。それくらい激しい叫び声だった。

階段を上りきる前に夫の声が聞こえる。

「どうしたん？　痛いん？　お腹が痛いん？」

やっとのことで居間の前まで行くと、父が中腰で机に手をつき、あー、あーと叫んでいる。鼻水とよだれがだらだらと垂れている。これは、この痛がり方はただごとじゃない。

「救急車！」

「お父さん、救急車を呼ぶよ」

夫がキッチンに置いてある固定電話の受話器を取った。すると、なりふりかまわず大声で叫んでいた父が、ピタリと静かになった。

「ちょっと様子見るわ……」

そうつぶやき、痛みに顔をゆがませながら布団にもぐる。何が起こったのかわからず唖然とする夫と私。落ち着いて話を聞くと、胃とわき腹の激痛で我慢出来ずに叫びまくっていたらしい。

「薬も飲んだんやけど……」

痛み止めや胃薬を自己判断で服用していたようだ。

今日だけではなく毎日明け方になると痛みが出ていたと言うが、ではいつ頃から痛いのかと聞くと、三日前と答えたり一週間前と言ったり曖昧だ。

一体何なんだ。子育て優先で私達に冷たくあしらわれるようになったから、かまってほしいだけか？

育児部屋に戻ると、息子は何事もなかったかのようにスースーと眠っていた。私も眠りたかったが、気になって目が冴えてしまった。しばらくするとまた息子が目を覚まして泣き出し、授乳する。

どうすればいいのだろう。八時前に息子が眠った。

「病院に連れて行こう」

考えた末、夫に声をかける。

「連れて行く？」

「うん。ほんまにあんなに叫ぶくらい痛いのやったら、痛みのレベルに合った薬をもらわないとあかんし、何の痛みか、それによっては入院が必要かも知れんし。そこまで痛くないのに大げさに叫んだだけやったとしたら……私達が動くことで自分がどれだけ迷惑かけてるか、わかってもらう」

「そうやな。じゃあ、行こう」

病院に行くから準備しろと父に告げに行く。父の朝食にと夫がおかゆを作ってくれた。私達も息子を連れて出かける用意をし、もう一度授乳をする。一〇時に出発するつもりが、準備に手間取り三〇分遅れで家を出た。赤ん坊がいると自分達の思うようなペースでは物事が進められないことを実感する。

十一時過ぎにY病院に到着。休日診療の待合スペースで、風邪やインフルエンザの人達に混じって順番を待った。もちろんそんな人達がいる場所に新生児を連れて行くわけにはいかないので、息子は夫に車で見ていてもらう。

父だって病気をしているのだから抵抗力は落ちているだろうし、何もわざわざ休日診療に連れて来なくたって、家にある痛み止めで様子を見て、年明けの診察の予約まで待てばよかったのかも知れない。でももう嫌だった。これ以上父が私達に甘えようとしてくるのが、父に私達の生活を邪魔されるのが、とてつもなく嫌だった。診察を受けて、これはだめだ、すぐに入院しましょうと言われた方がよほど気が楽だとさえ思っていた。

診察を担当していたのは、当直の若い男性医師だった。「ちょっと、わき腹が痛くて」と遠慮がちに説明する父の横から、私が口を挟む。

「ちょっとじゃなくて、寝ている私達が起こされるくらい叫んでました」

上半身のレントゲンと血液検査、水分補給のための点滴をしてもらうことになる。点滴室のベッドに案内されるが、足がもたついて歩けない父に、看護師さんが車椅子を出してくれた。

「こんなん初めてや」

乗りながら何故か笑っている父。嬉しそうにすら見える。

私が車椅子を貸してほしいくらいだよお父さん。腰が痛いんだよ。まっすぐ立って歩けないんだよ。私が杖をつきたいくらいなんだよ。そんな状態の娘に付き添われて病院に来て、車の中では生まれてたった二週間の赤ん坊が、この寒い中あんたのために連れ回されて寝かされてるんだよ。これがどんなにおかしな状況かわかれよ。ふざけるな。

点滴の途中で看護師さんに声をかけた。

「ちょっと席を外してもいいですか？」

「？　いいですけど……」

看護師さんが怪訝な顔をする。

「二週間前に出産したばかりで、赤ちゃんにおっぱいをあげたいんです」

するとと少し驚いた様子で、それは行ってきてあげてと言ってもらい、息子の待つ車に向かう。夫がエンジンをかけて、車内を暖かく保ってくれていた。チャイルドシートに寝かされた息子はぐっすり眠っていて、起こすのはかわいそうだと思い授乳せずにそのまま父のところへ戻った。先ほどの看護師さんが「大丈夫だった？」と心配してくれている。

点滴が終わるのを座って待っていると、診察室の隣の小部屋で、父を診てくれた当直医と、五〇代くらいの男性医師がレントゲン画像を見ながら何やら話し込んでいるのが見えた。しばらくして当直医が父と私のところへやってきて、結果を説明してくれた。

異常なし。おそらく、がんそのものの疼痛と抗がん剤の副作用による痛みでしょう、と。

飲み薬と坐薬の二種類の痛み止めを出してもらい病院を出る。看護師さんが車椅子を外まで押して送ってくれた。車に乗ると父は息子に向かって言った。

「お父さんとお母さんに迷惑かけてごめんね」

違うだろう。一番迷惑がかかっているのは夫でも私でもない、息子だ。まず息子に謝れよ。

「お父さん、お昼ごはん食べられる？　何がいい？」

「おかゆ……ちょっとだけなら……」

腸が張っていて食べられる気がしないという。少しでも元気になるように、自分で何とかしようとは思わないのか？

憎い。憎い。憎い。憎い。父に対して心底腹が立った。憎くて憎くてたまらなかった。わき腹の激痛も、腸が張っているのも本当かも知れない。しんどいのかも知れない。でも、もう限界だった。

「お父さん、僕らはお父さんに何かを手伝ってほしいわけじゃなくて、元気でいてくれることが一番助かるねん」

夫の方が冷静だ。私はもう父に対してそんな風に言葉をかけることが出来なくなっていた。後部座席から、助手席に座っている父の背中に向かって罵声を浴びせた。

「お母さんが死んだとき、だんだん弱っていってごはんが食べられなくなったよね。お父さん、そのときお母さんに何て言ったか覚えてる？　『無理してでも食べろ』って言ったんやで。しんどくて、ごはんを目の前にしてぐったりうなだれてるお母さんに。人にそういうこと言ったなら、じゃあ自分も無理してでも食えよ。わがままばっかり言いやがって」

父は前を向いたまま何も言わなかった。お母さんにそう言ったこと、覚えてないの？無言なのが余計に腹立たしかった。

家に帰り、やっと目を覚まして泣き出した息子をベビーベッドに寝かせる。出発前の授乳から五時間も空いてしまっていた。産院では、授乳の間隔が四時間以上空くと脱水症になる恐れがあると教えられた。こんなに時間がかかるとは思わなかった。車の中で叩き起こしてでもおっぱいをあげた方がよかったのか。

産んだばかりの我が子だ。初めての子どもだ。気が気でなかった。

「遅くなってごめんね。ごめん。ごめんね」

小さな手足をバタバタ動かしながら泣く息子を抱き上げ、おっぱいを飲ませた。

二階へ上がると、父がジャンパーも脱がず帰ってきたままの格好でだらりと横になっている。

「あの休日診療にインフルエンザや胃腸炎の人がどれだけいたと思ってるの。早く着替えてよ」

着替えようとしない。怒鳴り散らしてやっともぞもぞと起き上がった。いつも通りマイペースに自分の用事をし始めた父に釘を刺す。

「赤ちゃんは本当は生まれて一ヶ月間は外に出たらあかんねん。まだ免疫力がなくて、病気をもらうから。私も産後一ヶ月は外に出ない方がいいねん。今日みたいに何かあったらいつでもついて来てもらえると思わんといて」

はいわかりましたと父は言ったが、理解してくれたとはもう思わない。それどころか、夕方にかけて機嫌がよくなり、年越しそばは消化に悪いからとうどんを出したのに、そばも食べたいと言い出した。何なんだ。やっぱりかまってほしかっただけなのか。いつも通り眠りにつき、わき腹の痛みを訴えることもなかった。

夫は病院から帰ってきた後すぐに義実家におせちをもらいに行き、スーパーで食材の買い出しもしてきてくれた。私は私で、息子をお風呂に入れたり、父の受診でずれた一日の流れを取り戻すのにバタバタだ。息子が眠り、自分達もテレビを見ながらウトウトと年を越した。夜中はまた一時半、三時半、六時半とおむつを替えて授乳。その合間、朝五時と六時に父の様子を確認しに居間を覗いた。こんな年越しはもう二度とごめんだった。

七　極限状態

次の抗がん剤の予約日は、一月八日。それまでの父の言動は、今まで以上にとんちんかんなものだった。

元旦の朝、父が起きるのを待って居間で一緒にお雑煮を食べたのだが、またしてもふらつくと言いながら新聞を足元に置いたり、チラシの分厚い束を持って息子の寝ている周りをうろうろ歩き回っている。新聞を踏んで転んだらどうするつもりだろう。ふらついて、そのチラシの束を息子の上に落としたらどうするつもりだろう。注意してもまた、使った後のお盆を足元に置く。「覚えられへんのやったら紙に書こうか?」正月早々こんなことで怒らせるなとまた怒鳴ってしまう。

二日は一人で初詣と買い物に出た。おせちは昨日で食べ切ってしまったので、昼食はどうするつもりだろうと思っていたら、パンを買ってきてかじっていた。

この二日間は痛みがないようだったが、三日の朝、寝ている私の携帯電話に父から電話がかかってきた。元気な頃から、父にはボタン操作が簡単な「みまもりケータイ」を持たせていたので、何かあったら一人で叫ぶのではなく携帯電話を鳴らして呼ぶようにと言ってあったのだ。やっと言うことを聞いてくれた。

胃とわき腹が痛い、わき腹と下腹が痛いと聞くたびに言うことが変わるので悩むが、坐薬を渡す。手がしびれているので入れにくいに違いないが、自分で入れなさいと渡して部屋を出た。しばらくして見に行くと、案の定入らなくて困っている。何度も何度もお尻に当てて入れ直していたが、私は助けなかった。こういうことが起こる可能性があるのはわかっていた。でも、父に対する憎らしさの方が勝って、父のお尻の穴を覗いて坐薬を入れてあげるなんて絶対に嫌だった。

もう一度見に行くと「入ったかどうかわからん」「入れる前に溶けたかも知れん」なとど言っているが、お腹の痛みはちょっとはましだと言うので放っておいた。その後、様子を見に行った夫にも「あかんかったら誰かに押し込んでもらうしかしゃあないな」と言ったらしく、夫が怒っていた。

「誰かって誰やねん。あの言い方じゃ、俺にやれって言ってるようなもんやん」

いくら娘婿で同居しているとはいえ、元々は赤の他人だ。十分過ぎるほど面倒を見てくれている夫に父の下の世話まで頼むつもりは毛頭なかったし、もし父が頼んできても、夫が自ら「やるよ」と言ってくれたとしても断るつもりだった。

その後も、朝方に痛みを訴えることが毎日のように続いた。坐薬は二回ほど使わせたが、やはり難しいようなので、それ以降は飲み薬を渡した。痛み止めは胃に負担がかかるので、これを食べてから飲みなさいとバナナやゼリーも一緒に渡した。

私はふらふらだった。ただでさえ授乳とおむつ替えで夜眠れていないのに、そこに父に起こされ、必要に応じて薬を渡し、その後痛みが治まったかどうかを確認しに父の部屋を数回訪問する行程まで加わったのだ。一日中眠く、息子のお世話と父の心配であっという間に時間が過ぎていき、何が何だか自分でもさっぱりわからなかった。

父のとんちんかんはずっと続いていた。

私のいないところで、夫に「○○したら美紀に怒られるかな」とぼやくことが増えた。「餅を食べたら怒られるかな」「パンを食べたら怒られるかな」

買い物に行こうと玄関で靴を履いている父に聞いてみた。

「パンを食べてはいけないときはどんなとき？」

「お腹の具合が悪いとき」

「具合が悪いってどんなとき？」

「吐いた後、わき腹痛いとき。……何やったかな」

「便秘のときはパンじゃなくてバランスよくごはんとおかずを食べろって何回も言ってるよね？」

私のことを、私の言っていることを一体何だと思っているのだろう。一年以上ずっと言い続けてきた。紙に書いてベッドの柵にまで貼っている。それでも覚えない。言うことを聞かない上に怒られる怒られると周囲に言いふらされたら、たまったもんじゃない。

四日に一駅隣の王将でミニラーメンとチャーハンを食べたと聞いたきり、全く外出しなくなった。買い物も、ランチにも行かず一日中ベッドに横になっている。朝食は食べているかどうかわからない。確認する余裕はなかった。ストックしていたパンが全く減っていないので、おそらく食べていなかったのだろう。昼食は夫が自分達の分を用意するついでに作ってくれた。

いつもやっていた家中の雨戸の開け閉めもやらなくなった。それも、夜に閉めるだけ閉めて朝開けないので、結局夫が開けて回ることになり、イライラしている。そのうち、雨戸のサッシのところに洗濯ばさみを挟んで閉められないようにした。

「意地悪してやった」

そう言いながら私のところへ来て、笑っている夫。今まで父に対してそんなことをするような人じゃなかった。よほどストレスが溜まっていたのだ。ポストに入っていた新聞を渡しに行き「取りに来れないなら、もう新聞やめたら？」とも言ったそうだ。

疲労や睡眠不足は正常な思考力・判断力を奪う。私達は極限状態だった。弱っている人に意地悪い仕打ち。でも今までの狼少年的な出来事の数々が邪魔をして、父は本当に弱っているのか、わがままをしているだけなのか判断がつかない。それが余計に私達をイライラさせた。


五日、介護保険の認定調査員の方が訪問に来てくれた。一ヶ月前、父の体調が思わしくなかった頃に地域包括支援センターに相談し、この日を心待ちにしていた。家に来て父の様子を見てくれても、そこから審査をして介護認定が下りるまでに更に一ヶ月ほどかかるのだが。

父に「調査員さんが来るよ」と声をかけると「ソファの上、片づけた方がいいかなあ」とつぶやく。ベッドの隣に置いていたソファは、日記帳や定期薬、読んでいない新聞などが置かれ、荒れ放題だ。

「そのままでいいよ。ありのままの状態を見てもらわないと意味がないから。ていうか、今しんどいから片づけてないんでしょ？　今出来るんやったら、元気なときから片づけといてよ」

調査員さんが来て、寝ている息子を夫に任せ居間へ案内する。父はベッドに寝たまま調査員さんの質問に答え、必要に応じてベッドから起き上がり、普段どうやってトイレまで歩いていっているかなどを見てもらった。

調査が終わり、帰ろうとした調査員さんにメモを渡す。前日の夜、眠い中必死で書いたメモだ。昔から父とのコミュニケーションの取りづらさに困っていたこと、自閉スペクトラム症に当てはまると思われる父の行動などを書いた。それが介護度に反映される可能性はとても低いだろうということはわかっていたが、私達がずっと悩んできたことを知ってほしかったのだ。調査員さんは物腰のやわらかい女性で「わかりました」と快くメモを受け取ってくれた。普段私達が言って聞かせていることはまず覚えないのに、記憶力を確かめるための質問に完璧に答えられたことには驚いたことも話した。

介護認定が取れても、おそらく要支援一か二で、受けられるサービスも少ないことは予想していた。が、それでもいいから早く認定が下りてほしいと思っていた。何より心細かった。認定が下りれば専門機関への相談もしやすくなり、心細さも軽減されるような気がしていた。

一月八日、抗がん剤治療の予約。年が明けて初めての受診だ。治療は出来るのか？わき腹の痛みは？　M先生がどんな判断を下してもおかしくはない。

夫と私は、父をどのようにして受診させるか、私達がどのような手順で父に付き添うか、何日もかけて話し合った。まだ生後一ヶ月に満たない息子が、とにかく外に出る時間が少なくて済むようにと考える。行きはタクシーを呼び、父だけ先に行ってもらうことにした。採血を済ませておいてもらい、後から私が電車で追いかけ合流する。そして診察を一緒に受け、抗がん剤の点滴も付き添うことにした。父一人で受診させる選択肢はなかった。絶対に今の正確な状況を先生に伝えてくれない。

電車に乗るのは一ヶ月ぶりだった。産後は大晦日の父の受診以外はどこにも出かけていない。まっすぐ歩けず、へっぴり腰でお尻を突き出してそろそろと歩く。歩幅も小さく、時間がかかった。歩くのがこんなにも大変だとは思わなかった。

ようやく病院に着き、父と共に診察室に入る。ドアを開けるとM先生が少し微笑みながら私の方を見た。「生まれました」「おめでとうございます」とだけやり取りし、本題に入る。

先生は、抗がん剤の効きが悪くなっているかも知れない、このまま続けても副作用が辛いだけで効果がなく、やってもやらなくても寿命は同じかも知れないと言った。その上で「今日の抗がん剤はどうしましょうか？」と父に尋ねた。まだ抗がん剤をするという選択肢があるのかと少し驚く。

父は、今の体調でどんな選択をするのか隣で見守っている私の気持ちなんて露知らず「せっかく来たからやっとこか」という軽い返事だった。反対はしなかったものの、もう、父が何を考えているのか本当にわからなかった。抗がん剤が効かないということを、自分の寿命をどう考えているのだろうか。今のこの体調で点滴を受けて家に帰り、副作用で体がいうことを聞かなくなったり、苦しむことになったらどうするつもりなのだろう。また私達に助けを求めればいいとでも思っているのだろうか。

わき腹の痛みについても相談した。「日中は気を張っているので、リラックスする夜に痛みが出ることが多いんです。痛みが出ないように、予め毎晩痛み止めを飲むようにしましょうか」ということだった。

外は曇り空で、院内も心なしか薄暗いような気がした。通院治療センターに行くと、いつも楽しくおしゃべりしていた看護助手さんはおらず、会ったことのない看護助手さんが対応してくれた。部屋の中を見回してみたが「がん友」のTさんも見当たらない。待合にもいなかったし、予約日がずれてしまったのだろうか。何もかもがもう終わりに近づいているのかも知れないという考えが胸をよぎり、物悲しい気持ちで、父が点滴の針を刺してもらうのを見守った。

落ち着いたところでセンターを出て、ケースワーカーさんのところへ行く。今後父をどのようにサポートしていくべきか相談する。今までは、治療が出来なくなったときは最初に胃カメラをしてもらったクリニックの副院長に往診してもらおうと考えていたが、クリニックと家との距離を考えると、いくら副院長が往診するよと言ってくれたとしても現実的ではない。自宅付近の地図を見ながら往診に来てもらえそうな病院を探し、家で過ごすのが難しくなったときのために老人ホームやホスピス病棟に入ることも検討していくことになった。

帰りはタクシーを呼んでもよかったのだが、夫が息子を車に乗せて迎えに来てくれた。夫にも息子にも申し訳ないと思った。

帰宅してしばらくしてから、父が育児部屋を訪ねてきた。

「薬は、どれから飲んだらいいのかなあ?」

三週間前、前回の診察のときに胃薬が一種類増えたのだが、その薬がとても小さな錠剤で、手のしびれがある父にはヒートシールから出して飲むのが難しく、かなりのストレスになっていた。それで今回から、服用するタイミングごとに一つの小袋にまとめる「一包化」を薬局でお願いしたのだが……。かえってわかりにくくなってしまったのだろうか。

どういうことかと聞き返すと、前にもらった薬の余りがあるから、そっちから飲んだ方がいいのかなあと繰り返す。薬袋を入れているかごを覗いて、私は絶句した。前回処方された薬が大量に残っているのだ。

「何でこんなに余ってるの!?」

「忘れることかてあるやん」

投げやりに父は答えたが、几帳面で細かい父がこんな忘れ方をするわけがないというくらい沢山余っている。しかも、便をやわらかくする薬はきっちりなくなっているのに、小さな錠剤の胃薬は四〇錠も残っている。飲むタイミングは便の薬も胃薬も同じ毎食後なのに、なぜ? その上、朝食後に服用する胃酸を抑える薬に至っては二十一錠、つまり前回の診察のときに処方されたものを全く飲んでいなかったということになる。

どうしてこんないい加減なことを……。開いた口が塞がらない。

「出された薬ちゃんと飲まへんのに、しんどいって言われたって知らんわ!!」

怒鳴りつけ育児部屋へ戻る。夫に事のいきさつを話す。呆れ返る夫。

「これは必要、これは別に飲まんでもええわと自分で勝手に判断して、わざと飲んでなかったんやで」

あの大晦日のバタバタと受診した一日は、息子のお世話の傍ら夜中に何度も父の様子を確認して痛み止めを渡し、外に出ようとしない父のためにおかゆを炊いた日々は何だったのか。二人で心底辟易した。

何とかして対策をしなければならない。キッチンのテーブルに小皿を置き、飲み終わった薬の小袋を入れるように伝える。小袋には朝・昼・夕とそれぞれ印字されているので、勝手に飛ばしていたらすぐにわかる。痛み止めは没収だ。自己判断で適当に飲まれたらたまらない。私が管理し、必要に応じて渡すことにした。負担がまた一つ増えたが、やむを得ない。

その夜、寝る前に痛み止めを飲んだはずの父が、深夜三時過ぎに痛みを訴えた。

薬を飲んだ意味はなかったのか……。服用間隔を六時間以上空けなければならないと聞いていたが、四時間ほどしか空いていない。

「追加の薬はまだ飲めないから、ちょっと我慢したら？」

と冷たく言い放ち居間を出るが、階段を降りている最中も、ううう、ううううと父のうめき声が聞こえる。そんなに痛いなら救急車を呼ぼうかと聞いてみるが、答えはＮＯ。

仕方なく病院の夜間救急に問い合わせると、四時間空いているならもう飲んでしまいましょうと看護師さんが答えてくれたので、薬を渡した。薬が効いてきたかどうか確かめるため一時間後に再び父のところへ行くと、トイレにこもったまま出てこない。ドア越しに声をかける。

「大丈夫？」

「ちょっと……おもらししちゃった」

おもらし？　何で？　替えのパンツを持って来てほしいと子どものような声で言われ、情けないやら呆れるやらではらわたが煮えくり返りそうになりながら三階へ上がり、いつも穿いている下着ではなく紙のリハビリパンツを手に取った。年末に息子を抱っこしたまま怒ったこともあったように、父の汚れた下着を洗うのが前々から負担になっていたので、何かあったときのためにとリハビリパンツを買ってあったのだ。

ドアから手を入れ、顔も見ずに渡す。何が「おもらししちゃった」やねん。娘に対してプライドも何もないのか。勘弁してくれよ。

息子はその間寝ていたが、授乳する時間だったので起こしておっぱいをあげる。すると目が冴えたのか朝一〇時まで何度授乳してもおむつを替えてもぐずり続けた。私は一体いつ寝たらいいんだ？

やっと息子が眠った後、昼過ぎまで横になった。父の昼食が気になり、起きて声をかけ、味噌汁と卵焼きを作って食べさせる。すぐに沐浴と授乳。休む間もない。辛いよ。こんな日が一体いつまで続くんだ……。

夫は夫で、これから父の分の夕食は全て細かく刻んで出すようにすると言い出した。抗がん剤の点滴を受ける際、食事はとれていますかとの看護師さんの問診に、噛み切られへんと父がつぶやき、食べやすいものにしてあげてと私が注意されたのだった。帰ってきて夫にそのまま伝えてしまった私も悪かったが、夫の我慢の糸がプツリと切れてしまったようだ。

「こんなに気を遣っているのに、まるで俺らのせいでごはんが食べられへんみたいな言い方やんか。そんなに噛み切れないなら介護食にしたるわ。絶対おいしくないけどな」

と、味噌汁の具もサラダも蒸し野菜も全て小さく包丁で刻んでいた。数日間様子を見ていたが食べ終えた後のお皿に残っていないので、全部食べているようだ。と、蓋付のゴミ箱を開けたら刻んだおかずがほぼ全て捨てられており、それを知った夫はがっくりとうなだれた。

八　気胸

抗がん剤をしてから四日後、ＣＴ検査の予約が入っていた。検査だけですぐに終わるはずなので、夫が父を車で連れて行く段取りをしてくれていた。

父はどうやって病院まで行くつもりだったのか、出発ギリギリまで私達に何も言ってこない。黙っていても連れて行ってもらえるとでも思っているのだろうか。本当に……。

かと思えば「痛み止め持って行った方がいいかなあ」とわざわざ聞いてきたりする。「自分で考えたら？」と突き放した。家を出るとき「行ってきます」という父の声が二回聞こえたが、わざと返事をしなかった。もう帰ってこなくていいよと思っていた。

深夜二時半に眠りについた息子は、朝の授乳とお昼の沐浴で少し目を覚ましただけで、まだ寝ていた。私も横になり、休んでいた。どうせすぐ帰ってくるんだよなあと思っていたら、夫からメールが来た。

「ＣＴで気胸が見つかり、急遽診察を受けることになりました」

気胸って確か、肺に穴が開く病気だよね？　何で気胸？　しばらくするとまた連絡が来た。

「入院することになりました」

父の右肺には穴が開いていて、吸い込んだ空気がほとんど漏れ出してしまっているらしい。穴を塞ぐ処置をするために入院が必要とのことだった。大晦日の休日診療では体制が整っておらず、見つけられなかった。わき腹の激痛はがんによる疼痛ではなく、この気胸のせいだったのだ。

帰ってくるなと思っていたら、本当に帰ってこないことになった。

このときの私は、何度思い返してみても異常だったと思う。狂喜乱舞という言葉がぴったりなほど、父の入院を喜んでいた。まだ昼食をとっておらず、起きてぐずり始めた息子をあやしながら味噌汁を作り始めたのだが、わけもなく一階と二階を行ったりきたりし、もう父が食べ物を噛み切れないことに気を遣わなくてもいい、と大きく切ったうすあげをお湯を沸かした鍋にポイポイと投げ入れた。夫が病院から戻ってきたときも、

「嬉しくてたまらんわ！　晩ごはんはお寿司にしようよ！　お祝いやで！！」

などと口走っていた。心配の種、イライラの種が一つ消える。それが一時的であったとしても、とにかく嬉しかったのだ。

入院に必要な書類は全て夫がサインしてくれ、着替えやタオルも病院に引き返して運んでくれた。ぐずっている息子を抱っこしたり授乳したりしながら、豆電球にした部屋で遅い食卓を囲む。寿司はさすがにやめておこうということで、夫がからあげを作ってくれた。でもからあげも父の体調を考慮してずいぶん長い間作っていなかったので、嬉しかった。

食べながら夫が言う。

「お父さんには申し訳ないけど、いなかったらこんなに楽なんやなあ。物理的にも精神的にも」

ずっと胃がんの治療をしてきたのに、ここへ来て突然、がんとは何の関係もない肺の病気。驚きはしたが、肺の穴を塞ぐ処置は入院が決まるとすぐに始まり、塞がれば一週間程度で退院出来るそうだ。たった一週間の休暇か……。

父は呼吸器科の医師から自分の肺の状態を説明されても全く理解出来ず、入院そのものも相当しぶったらしい。

「そんな状態で家におられても迷惑や。入院してちゃんと治してこい。男やねんから泣くな」

涙目になっている父に、夫はそう喝を入れたそうだ。「美紀に怒られる」とまた言っていたらしく、いなくなってくれるんだから怒らないよと笑い飛ばした。

翌日は息子と私の一ヶ月健診だった。父のことを気にかけながら家を空ける必要がなくなり、本当に気が楽だった。息子も悪いところはなかったし、出産の際にお世話になった助産師さんに挨拶も出来たし、今日はお祝いしてもいいよね、と寿司を買って帰った。


入院三日目。息子がいるので私は父のお見舞いには行けない。夫だって仕事があるから、毎日様子を見に行くことは出来ない。でもいくら何でも放ったらかしにしておくわけにはいかないよなと思い、父に電話をする。昨日の時点で肺の状態は八割方元に戻ってきているらしく、今朝もう一度レントゲンを撮ったとのことだった。空気を抜くためのチューブがまだ肺に入っているため、トイレには行けず尿瓶で用を足しているという。

「食事は？」

「おかゆと、おかずはちょこっと……」

「歯磨きはちゃんとしてる？」

「何回かに一回は……」

「何で毎回せえへんの？」

「右手が、あれやから……」

「あれって何？」

「……」

「サボりなや」

「サボってないわ」

サボってるやん。イライラしたが、これ以上父に怒るのももう嫌だったので、適当に切り上げて電話を終えた。ケースワーカーさんにも連絡し、退院した後の対応について一緒に考えてほしいとお願いした。

翌日以降は夫が着替えを持って行ってくれた。入浴出来ないので看護師さんが父の体を拭いてくれているらしい。お箸や湯飲みも看護師さんが洗ってくれている。テレビ用のイヤホンを渡しているのに使わずに大きな音で見ていたり、汚れた下着を「捨てといて」と夫に渡したりと、やはりとんちんかんな行動が目立つ。他の患者さんに迷惑をかけていなければいいのだが……。

食事の間にお腹が空くらしく、夫が売店でカステラやバウムクーヘンを買って差し入れてくれた。便秘気味だが出るときは下痢になるので、便秘薬は飲むのをやめ、リハビリパンツを穿かされているとのことだった。

一週間我慢すれば家に帰れるという父の期待とは裏腹に、肺の穴は塞がらず、再度処置をし直すことになった。テレビで大相撲を見ようと思っていたのに、入院が延びたショックで見られなかったそうだ。たった一週間で帰ってきてしまうとげんなりしていた私はホッとした。今のうちにと、友人達を家に呼んで息子をお披露目した。父が二階で寝ていたらそんなことは出来ない。

外気にふれさせても大丈夫と一ヶ月健診で言われたので、息子を抱っこ紐に入れて買い物に出かけることも出来るようになった。買い物がない日は、おくるみにくるんで家の周りを散歩した。

昼夜かまわず寝たり起きたりしていたのが、だんだんリズムが出来てきた。昼間はぐっすり眠っていて、抱き上げても、大人達が大きな声でおしゃべりしていても全く起きない。それが夕方になると目を覚ましてぐずり始め、おっぱいを吸わせたり抱っこしたりしながら私達も夕食をとり、抱っこ抱っこで深夜三時頃にやっと寝ついてくれる。

お客さんが来ない日も外気浴や買い物で日中外に出なければならなかったし、病院から電話がかかってきたりするので、よく言われるような「赤ちゃんと一緒にお母さんも昼寝」はこの頃ほとんどした記憶がない。深夜、抱っこ抱っこでも寝てくれず、限界を感じたときは、お下がりでもらったぬいぐるみを使うようになった。ぬいぐるみのお腹についているツマミを回すと、胎内音やオルゴールの音楽が流れるのだ。ベッドに寝転がり手足をバタバタさせて泣いていても、このぬいぐるみの胎内音が聞こえると、ハッと表情が変わり、しばらくすると安心したようにすうっと眠りに落ちる。効果がない赤ちゃんもいるそうだが、息子の場合はてきめんだった。古いぬいぐるみだったので一ヶ月ほど使ったところで壊れてしまい、そこからは携帯電話に赤ちゃんが泣き止む音の入ったアプリをダウンロードして聴かせた。このアプリだと、胎内音よりも子守唄の音楽で眠ってくれた。

心配だったのは、まだ腰が痛いこと、貧血は治ったが寝不足続きのせいでめまいがするようになっていること。そして、母乳が思うように出ないこと。一ヶ月健診のときに話したお母さんは乳腺炎になるほど沢山出ているというのに、私は出が悪かった。ベビー用の体重計を買い、毎日母乳を飲ませる前と後の息子の体重を測っていたが、大体三、四〇グラム程度しか増えておらず、この頃の赤ちゃんに必要な量にはとても届いていなかった。

どうすれば沢山出るようになるのか調べていると、母乳マッサージの第一人者が近所に住んでいることを知り、予約を入れる。食事の内容を見直すようにとのことで、青魚、生もの、お菓子類は一切やめて、鶏肉や煮物、味噌汁中心のメニューに変えた。冷たい水はだめ、麦茶かほうじ茶を一日二リットル飲みなさいと言われ、母乳の出がよくなると評判のハーブティも薦められて飲んでみることにした。が、それでも母乳はなかなか増えず、プレッシャーと食べたいものが食べられないストレスだけが増していった。

九　余命宣告

退院の延期が決まった頃、病棟の看護師長さんから電話がかかってきた。今後のことについてM先生やケースワーカーさんと一度話をしてほしい、と。

「娘さんは、お父さんが退院された後のことをどう考えていますか？」

このとき、まだ父の胃がんの状態がどうなっているか正式には聞かされていなかったが、それが思わしくないことはもうわかりきっている。これ以上家で面倒を見るのは難しいと考えています、第一選択はホスピス病棟でと伝えた。師長さんは、父を説得するのを手伝うと言ってくれた。

電話を切った後、本当にそれでいいのか？という考えが心の奥からふつふつと湧いてきた。父が入院したことで、私達の負担が大幅に減ったのは確かだ。家か病院かと問われれば間違いなく父は家にいることを希望するだろう。子育てとの両立を考えるとそれはもう無理だ。でも、それでも、いざ口にしてそれが現実味を帯びてくると、本当にその決断でいいのだろうかと心が揺れた。

一月十九日。息子を夫に託し病院へ向かう。ケースワーカーさんと待ち合わせ、病棟の家族面談室へ。少し遅れてM先生もやってきた。

「あれ、本人さんはおらんの？」

ひとまず私達だけで話したいとお願いする。周りの人間だけで話しても意味がないんじゃ？と、M先生は思っているようだった。

まずは現在の父の胃の状態を先生に尋ねる。やはり抗がん剤はもう効かなくなり、がんはかなり進行しているとのことだった。やっぱりそうか、という思いと共に、父の今後は私に全責任がかかっているという重圧を感じた。

聞くべきかどうか迷った末に、私は聞いた。

「余命は、あとどれくらいですか？」

先生は静かに言った。

「そんなこと聞いても仕方ないのはあなたが一番よくわかってるでしょう。色んな経験をしてきたんやから」

中学三年生で母が亡くなったこと。大学生のとき医療事務のアルバイトを始め、亡くなった患者さんのパソコン画面に「死亡」と涙目で入力したこと。総合病院の検査室で、亡くなった患者さんの検査検体を手に取ったこと。わずかな期間だがホームヘルパーとして高齢者住宅で勤め、夜勤中に九〇歳を超えた入居者さんのトイレに付き添ったこと。医療事務として再び働き始め、在宅医療の患者さんが日に日に弱って亡くなっていく様子が詳細に書かれたカルテを何冊も読んだこと。そして、今の父との生活。それらを「色んな経験」と言ってしまってよいのかどうかはわからないが、今までの私を認めてもらえたような気がして、一瞬ふっと肩の力が抜けた。

先生は続ける。

「色んな人がいます。治療をやめて、一ヶ月で亡くなる人もいれば、半年以上生きられる人もいます。僕の経験から言うと、あくまでも平均だけど。平均して、大体三ヶ月くらいです」

三ヶ月。残りわずかな時間を、父にどう過ごしてもらえばいいのだろう。

「本人さんのいないところで話していいの？」

再び先生にそう言われ、父も交えて話をすることにする。ケースワーカーさんとM先生が父を呼びに病室へ行き、私は一人面談室に残される。ホスピス病棟に入ってほしいと言わなければ。師長さんは何か用事が出来てしまったのか、この話し合いに参加することは出来ないようだ。私が説得しなければならない。

一人で待つことに耐えられずに廊下に出ると、父が向こうからやってくるのが見えた。杖をつき、もう片方の手で壁についている手すりをつかんで、ゆっくりと歩いてくる。その後ろをケースワーカーさんとM先生が見守るようについて来ている。父は私の姿を見つけて声をかけてくれた。

「よう来てくれた。寒い中ありがとう」

先日電話で言い合いになって以来だ。娘に怒られると言いふらしていたのに、父の口から「よう来てくれた」なんて言葉が出てくるとは思わなかった。父は面談室に入り、パイプ椅子の背もたれに寄りかかるようにして座った。

「今の荒井さんの胃がどんな状態になっているかを説明します」

いつものことながら、丁寧に、とてもわかりやすく話してくれるM先生。今回は「治療をやめる＝死期が迫っている」ということの告知のため、いつも以上に言葉を噛み砕き、出来る限り父にショックを与えないように、でも嘘のないように細心の注意を払って話してくれているのがわかる。父はいつもの如く黙ってうなずいていた。

一年前、最初の胃カメラの検査結果が出て、私から結果を説明したときは、父は自分ががんだということを理解出来ず、大きな病院で胃薬をもらえば治ると思い込んでいた。M先生が「お腹に腫瘍があります」とはっきり告知し、抗がん剤治療が始まっても、二、三回点滴をすればきれいさっぱり治るのだろうと思っていた。診察のたびにM先生が丁寧な説明をしてくれても、うんうんとうなずいているだけで理解していないことばかりだった。

今回は理解出来るのだろうか。でもこれだけわかりやすい説明なのだから、さすがの父もわからないはずはないだろう。

「今後、残された時間をどんな風に過ごすか。ホスピス病棟のようなところがいいのか、病院はちょっとと思うなら、ヘルパーさんのいる施設のようなところがいいのか、それとも自宅で過ごしたいのか、考えていかないといけないです」

父はすぐに口を開いた。

「やっぱり、自宅で、過ごしたいですな」

その軽い口調に、ああこの人はいつまで経ってもどこまで行っても何もわかっていない、周りの人間のことなんて微塵も考えていないとがっかりした。

ケースワーカーさんが父の希望を聞き出そうと色々と質問をする。どんどん家に帰る方向に話が進んでいってしまう。

とうとう、ホスピス病棟に入れとは言い出せなかった。日頃は偉そうに言っているのに、こういうとき心が折れてしまうのが私のだめなところだ。でも言い出せなかった。自分の家が一番落ち着いて過ごせる人に、あと三ヶ月で死ぬよと言われた人に、帰ってくるなとは言えなかった。

「本当に家に帰ってくるなら、前も言った通り私達は赤ちゃんのお世話が最優先やから、ヘルパーさんや訪問看護の方や沢山の人に家に来てもらって、お父さんのサポートを頼むことになるよ。今までみたいにわがままするなら一緒には暮らせないから、自分のことは自分でしてね」

そう言うので精一杯だった。父はやっぱりうんうんとうなずいている。退院したらすぐに自宅でのケアを受けられるように各方面と調整しましょうという流れで話し合いは終わった。父が自分のベッドまで戻るのに付き添い、病室でどんな風に過ごしているか少しだけ見せてもらった。

駅に着いたところで、地域包括支援センターに電話をかける。面談でのいきさつを話し、ケアマネジャーさんと病院のケースワーカーさんと三人で再度話し合いをするため、翌日も病院に行くことになった。幸い翌日も夫が休みなので、息子のお世話は何とかなる。私自身は正直、体調的にもきつかったし、息子を預け、授乳の間隔が空くことで母乳をあげられないことが辛かった。

一月二〇日、病院に着くと、すでにケアマネジャーさんは父のもとを訪れていた。少し父と話をして、また家族面談室に移動する。今回は父抜きで、ケアマネジャーさん、ケースワーカーさんと看護師長さんと私の四人で話をした。

私は昨晩に夫と話し合った内容を相談する。もう今までのように、私達が主体となって父の生活をサポートすることは困難だ。私達では行き届かないところをホームヘルパーさんや訪問看護でフォローしてもらうのではなく、各方面の方々が主体となる形で父の援助をしてもらい、足りない面を夫と私で補うという考え方でやっていくことは出来ないかという内容だった。そんなことは出来ないと言われるのではないかと思っていたが「出来ると思います」とケアマネジャーさんが即答してくれた。

父はまだ、着替えや排泄など身の回りのある程度のことは自分で出来る。出来ないのは食事の用意だ。夫や私は、今の状況では父の食べたい時間に合わせて、食べたいもの(食べられるもの)を作るのはかなり厳しいので、力を借りたいと頼んだ。ふらつきや足の衰えが気になるので入浴は介助してもらった方がいいだろうし、トイレや家の中での移動も手すりがあった方が安心だろう。しかしながら、現在の要支援二ではサポート出来る範囲が少ないとのことで、入院中に再審査の申請をすることになった。

話し合い終了後、ケアマネジャーさんが私に言った。

「お父様、先ほどお会いしたとき『娘に怒られるねん』と言っておられましたが……」

一人で父の病室を訪ねる。

「今、ちょうどトイレに行くところやねん」

ベッドから立ち上がり、杖をついてよたよたと病室のすぐ外にあるトイレに入っていく父。すると、巡回に来た看護師さんが、スリッパが片方脱げてるよと拾ってくれた。

「おーい、荒井さん。ドアを開けてもいい？」

トイレのドアを開けて、用を足している父にスリッパを渡してくれる看護師さん。当然便座に座っているものと思っていたが、ドアから見えたのは立ったまま用を足している父。ふらふらと、バランスを崩せば今にも倒れてしまいそうだ。

「ちょっとお父さん、座ってせなあかんやん」

「荒井さん、座って」

やっと出てきたところで、また私はキレた。この人は全然わかってない。何もわかってない。今まで散々話してきたことも、昨日話したことも、これからのことも、何も。

「言うこと聞かれへんのやったら、退院してももう帰ってこんでええわ！」

隣のベッドの人は席を外していていなかった。向かいの人はカーテンを閉めてはいたが、この娘は病気の父親に向かって何てひどいことを言うんだと嫌な気持ちになっただろう。

「さっき来たケアマネさんにも言うたんやろ。『娘に怒られる』って。何で怒られてるかわかってる？　私が何回も同じこと言うてるのに、全然聞かへんからやんか。何で私が悪者みたいに言われなあかんの？　いい加減にしてよ」

「もう何も言わんわ……」

父はうつむいてぼそりとつぶやいた。こんなにわからずやの人が家に帰ってきたら、私達は一体どうなるんだろう。気が遠くなる。

一〇　肺の手術

一月末頃だったと思う。一通の葉書が届いた。Tさんの奥さんからだ。そういえば年賀状を出したけれど、返事が来ていなかった。葉書には、うちに電話をかけたけれどつながらなかった旨が書かれていた。

なぜ奥さんがうちに電話をくれたのだろう。こちらから電話してみると、奥さんが出た。

「荒井の娘です。葉書ありがとうございました。Tさんは……」

「主人は今、寝てるんですよ」

「そうですか。Tさん、体調はどうですか？」

Tさんの奥さんが返事に迷っている様子が電話越しに伝わってきた。何かあったのだろうか。

「あ、今起きてきたから、代わりますね」

何だ、昼寝でもしていたのかな。

「もしもし」

受話器から聞こえるTさんの声は、何だか少し弱々しい感じがした。

「体調はどうですか？」

「実は、がんが悪くなっていてね。年末で抗がん剤をやめることになったんだよ」

葉書が届いた時点で、もしかしたら、とは思っていた。でもTさんに限ってそんなことあるわけがないと、よからぬ想像を打ち消そうとしていた。あんなに強い意志を持ってがんと闘っていたTさんが、治療が出来なくなったなんて。

「あとどれくらい生きられるかわからないけど……」

「そう言いながら長生きした人も沢山いますよ」

「そうやね。何やかんや言いながらも、半年、一年元気でいられるかも知れないし……」

「そうですよ。何が起こるかわからない病気ですから」

必ずまた会いましょうね、と電話を切った後、息子を抱いたまましばらく動けなかった。がんと真正面から闘ってきたTさん。会うたびに父を励ましてくれたTさん。今、どんな気持ちでいるのだろう。どんな思いで残された日々を過ごしているのだろうか。

父の気胸の状態は一向によくならなかった。何度処置をしても肺の穴は塞がらず、空気が漏れてしまっているという。近所に住む親戚達が面会に行ってくれ、お父さんに会って来たよと話を聞かせてくれたが、父の肺につながれている機械からは、ポコポコと空気の漏れる音がいつも聞こえているらしかった。普通なら一、二回処置をすれば治るはずなのにと、M先生も首を傾げているそうだ。

父が入院している今のうちにと、息子を連れて夫の実家に遊びに行った。着いて昼食をいただき、義母が布団を敷いてくれて一時間ほど休ませてもらった。息子は時々ぐずっていたが、誰かが見ていてくれると思うと安心して眠れた。

起きてからも「見ておくから買い物に行っておいでよ」と夫と二人で外出させてくれた。特に買いたいものはないけど……。遠慮がちに出かけたが、いざショッピングモールに着くと服や靴や色んなものが目につき、そういえばあれが欲しかったんだ、これも必要だなと大量に買い込んでしまった。

二時間ほど楽しませてもらい、久しぶりに息子と離れて夫と私だけで心置きなく出かけさせてもらったことで、私達は今まで相当無茶な生活をしていたのだと実感した。

夕食もお世話になり、広い客間に布団を敷いてゆったり寝かせてもらった。せっかくだから、ベビーベッドを置いた四畳半の部屋でぎゅうぎゅうと眠る状況では出来ないことを、と息子を自分の隣に寝かせ添い乳をした。座って抱きかかえて授乳するよりも私の体が楽だし、添い乳でおっぱいをよく吸ってもらって母乳が沢山出るようになればと、私一人ででも義実家にもう何日か泊まりに行けないかと考えてみたが、叶わなかった。

産後一ヶ月を過ぎても、体が生活リズムに慣れてきて楽になるといった気配は微塵もない。むしろ寝不足が原因のめまいは続いていて、両まぶたには大きなしわがくっきりと出来た。今も消えておらず、元々一重に近い奥二重で涼しい目元だねなんて言われていたのが、そのしわのおかげで「大きな二重まぶたですね！」と言われるようになってしまった。

義実家で撮ってもらった写真も、息子を見に来てくれた友人が撮ってくれた写真も、どれも情けない顔をしている。眠気で目がほとんど開いていない。一応笑っているけど、作り笑いだ。息子のお世話と父の対応とで疲れ切っていた。毎日、おっぱい、おむつの繰り返し。そのおっぱいも出が悪い。市から委託された助産師さんが訪問に来てくれたが、体重が増えていないのでもっと沢山ミルクを飲ませるようにと言われてしまう。むしろミルクの回数を減らそうと思っていたのに。とてもショックで、母乳の出ないお前は母親失格だと言われたような気持ちになった。

かわいいかわいいと言いながらお世話したり抱っこしたりしている夫の横で、私は息子のことが素直にかわいいと思えなくなっていた。夫も気がかりだったらしい。ある日「あんまり抱っこしてあやさないね」と言われた。確かに私は息子を抱っこする頻度が夫よりもずっと少なかった。腰が痛いとか、眠いとかしんどいとか、今抱っこするよりもさっさと自分の食事を終えて授乳してあげたいとか、色々理由をつけて抱っこをしていなかった。本当はかわいいはずなのに。自分でもどうすればいいかわからなくなっていた。

夫に図星をつかれ、ショックだった。息子をお風呂に入れようと服を脱がせると、嫌がってバタバタと泣き出す。私の風呂の入れ方が下手なのか。私はだめな母親なのか。

「あんまり泣かれたら悲しいなあ……」

私も一緒に泣いてしまった。

腰痛もまだあるし、授乳のために座るととがったものが突き刺さるかのようにお尻の辺りがキリキリと痛んだ。父ではないが、両手の指先がぴりぴりとしびれていてとても気持ちが悪い。こんな状態の中、もうすぐ父が帰ってくるかも知れないと思うと恐怖でしかなかった。

父が入院して二週間が過ぎた。肺の穴を癒着させて治す注射を打ったが、翌日のレントゲンでは穴は塞がっておらず、出来ればメスは入れたくないがこれ以上入院が長引くのもよくないので、手術をして治してしまいましょうという結論に至った。

二月三日、手術についての説明を受けるため、病院へ行く。夫と私と、生後一ヶ月半を過ぎた息子も連れて行くことにした。

三人で父のいる病室へ行く。父が息子に会うのはほぼ一ヶ月ぶりだった。

「大きくなったなあ」

夫に抱かれてぐっすり眠っている息子を眺めている。そこへM先生もやって来て、夫と軽口を叩く。

「女の子ですか?」

「いやいや、どう見ても男の子でしょう」

「赤い服着せてたらどっちかわからへんよ」

家族面談室へ移動し、M先生と呼吸器科の先生から手術の内容を聞く。穴が開いて機能していない部分の肺を切り取るということだった。難しい手術ではないので体力の消耗も少なく、手術そのものが胃がんに影響することもないとのこと。日取りは明後日だ。

父はかなり不安そうな様子だった。が、やらなければ治らないし、退院することも出来ないので、腹を決めてもらうしかない。どんな話の流れだったか忘れてしまったが、M先生から「それなりに入院生活も楽しんでいますよ」と言われ苦笑している。何だ、それならよかった。まあ、ガミガミうるさく怒る娘から離れられて、父も羽根を伸ばしているのかも知れない。

同意書など一式を受け取り、サインは手術当日でもよいとのことで、急いで病院を後にする。夫は夕方から仕事が入っていて、ギリギリのところでM先生達とスケジュールをすり合わせて来てもらったのだった。息子と私を家まで送り届け、すぐに仕事先へ向かった。外はもう真っ暗で、凍えるくらい寒い。そのまま暖房をきかせた部屋の中にこもっていたかったが、夕飯の食材が何もない。

今日は節分だ。病院から帰る道中で、夫に恵方巻を買っておいてほしいと言われてしまっている。あなたが仕事終わりで買って帰ってきてよと言いたいところだが、仕事が終わるのは深夜だ。今、私が買いに出るしかなかった。息子は？　一番近いスーパーマーケットまで歩いて五分とはいえ、こんなに寒いのに外に連れて行っていいわけがない。

もうじき生後二ヶ月。哺乳瓶の消毒ももう必要ない時期だよと言う助産師さんもいる。暖かい服を着せて抱っこ紐に入れてあげれば、母親の体の熱も伝わってそこまで寒い思いをさせることはないはずだ。現在の私ならそう考えて、一緒に買い物に行くだろう。でもそのときの私は、それこそまだ母親になって二ヶ月足らずだ。絶対に連れ出してはいけないと思ってしまっていた。

ミルクを飲んだ後もぱっちりと目を開き、私の方に顔を向けてもぞもぞと手を動かしながら泣いている息子を寝かせたまま家を出た。猛スピードで自転車をこいでスーパーマーケットに向かう。自転車は適当に停めて店内に入り、目についた恵方巻といわしの煮つけをかごに入れ、走ってレジに並ぶ。精算を済ませてまたダッシュで自転車をこいだ。トータルで一〇分と少しくらいだっただろうか。

息を切らしながら部屋の扉を開けると、息子は、出て行くときと同じ姿勢のままこちらを見て泣いていた。

「ごめんね。一人にしてごめんね。怖かったね。ほーら、恵方巻買ってきたんだよ」

袋から大きな巻き寿司を取り出して顔の前に持っていくと、何物かわからない黒くて大きな物体を見せられた息子は余計激しく泣いてしまった。

節分だからって、別に必ず恵方巻を食べないといけないわけじゃない。買っておいてと頼んできた夫にイライラした。でもそもそもは父のせいなのだ。父のために病院へなんて行っていなければ、明るいうちに買い物に行けたのだ。夜は眠れず、朝はぐったり、昼は沐浴、その後病院へ行く準備となると、自分の食事の時間も満足に取れないのに、他の用事をするなんてまず無理だ。そう、全ては父のせいだ。余計に父を憎らしく思った。

息子が三〇分ほど寝てくれたタイミングで恵方巻をかじり、その夜もお世話に追われた。


翌日、市の保健センターで、一ヶ月児対象の親子講習会があった。問い合わせると、事前申し込みなしでも参加ＯＫとのことで、二駅先の保健センターへ向かう。

朝はいつもより早く起きた。眠い。眠いし辛かった。着いて抱っこひもから息子を下ろすと、他の赤ちゃん達と体の大きさが全然違う。一回り小さかった。みんなちゃんと母乳が出ているのかな、うちだけがこんな思いをしているのかな。何より、この中に「親が末期がんでその対応に追われているお母さん」なんてまずいないだろう。

何となく肩身の狭い思いがした。息子がふえええと泣くので、慌てて抱っこする。

講習会は一時間程度で、前半はタッチケア、後半はグループに分かれての交流会という内容だった。タッチケアとは、スキンケアや着替えの際に赤ちゃんにこんな風に触れてあげるといいですよという、赤ちゃんとのコミュニケーションの一環だ。助産師さんが人形をモデルにしてレクチャーしてくれる。

「では頭からいきましょう」

教えられた通りに、息子の頭のてっぺんから顔にかけて両手の平で包むようにそっと撫でる。すると、今まで無表情だった息子がもぞもぞと体を動かしながら口を開けた。両方の口角が上がっているように見える。もしかして笑った？　もう一度ゆっくりと撫でると、更に大きく口を開けた。見間違いじゃない、笑ってる。初めてだ。息子が笑った！！

この二ヶ月近く、泣くか寝るかしかしなかった息子が笑ってくれた。それはもう、二ヶ月間の苦労も吹き飛ぶくらい嬉しかった。涙が落ちそうになるのを必死にこらえながら、息子に自分の顔を近づけて何度も何度も撫でてた。肩、腕、お腹、足……。気持ちよさそうにもぞもぞしながら笑っている。その場にいる人達全員に自慢して回りたいくらい、嬉しくて嬉しくてたまらなかった。

父のことも重なりただただ苦痛だった私の育児は、このことをきっかけに大きく変わった。

「今日この子が笑ってくれてん！　ほら見てみて！」

仕事から帰ってきた夫に、自慢気にタッチケアをしてみせたが、講習会ほどの反応は見られなかった。

「そう見えただけかもよ？　まあ、君が笑ったと思うならそうかも知れないけど……」

夫も半信半疑だ。だが私は、とにかく本当に嬉しくて、それ以降毎日タッチケアをするようになった。お風呂上がり、授乳の後、自分の仮眠を取ることも後回しにして、一日に何度も何度も息子を撫でた。その甲斐あってか、息子の反応はだんだんはっきりしてきて、夫がタッチケアをするときもニコニコと声も出して笑うようになった。息子が笑ってくれたら、少々寝なくても平気だった。あんまり抱っこしないねと夫に言われショックを受けたときから比べると、抱っこであやす頻度も格段に増した。何より、息子に対する愛おしさが強くなった。

相変わらず寝ついてくれるのは深夜一時や二時と遅く、寝不足なのは変わらなかったが、寝てくれるまで抱っこし続けるのも辛くなくなった。息子と一緒にいるのが楽しくなっていった。

二月五日。父の肺の手術だ。夫が付き添いに行ってくれた。

予定通り手術は終わり、執刀した呼吸器外科の部長から夫が説明を受けた。父の肺は、穴が開いたところ以外もあちこち薄くなっており、ボロボロの状態だったが、年齢と体力を考え、どうしてもという部分だけ切除したそうだ。確かに余命三ヶ月ということを考えても、そこまでのことをする必要はないだろう。

手術室からそのまま病室へ戻された父は、麻酔によるせん妄がひどく、絶えず「あー、うー」と言い続けて「静かにしなさい」と看護師さんに叱られていたそうだ。導尿のカテーテルが気持ち悪いのか「おしっこ行きたい」とも繰り返していたらしい。

術後の経過は順調で、四日後にはドレーンバッグも外すことが出来た。気になるのは、食欲がなくなってしまったこと。手術による胃がんへの影響はないと聞いていたが、何故だろう。何か他に要因となるものがあるのだろうか。

その二日後は父の七十二歳の誕生日だった。気胸がすぐに治れば自宅で過ごせたかも知れないのに、まさか病院で迎えることになるなんて。しかもこれが最後の誕生日になるかも知れないのだ。かも知れない、のではなく、きっと本当に最後になってしまうのだろう。

最初は夫が面会に行くと言ってくれていたが、無理をして仕事が溜まり過ぎたのか事務所へ一日作業に行ってしまい、結局誰も行けなかった。さすがにかわいそうだと思い、電話をかけた。

「誕生日おめでとう。誰も行けなくてごめんね。明日は行くから」

父は相変わらず「歩くとふらつくねん、食事もあんまり……」とぼやいている。最後の誕生日だ。何も言うまい。

退院の日はすぐそこまで迫ってきていた。「明日は行くから」とは、父の在宅医療についてのカンファレンスに参加するためだった。

十一 カンファレンス

二月十二日。夫に息子を見てもらって、病院に行く。病棟で地域包括支援センターのケアマネジャーさんと合流する。カンファレンスの前に、父の介護認定の再審査があった。認定調査員さんは前回とは別の方が来てくれたが、前回の方と同様よく話を聞いてくれた。父の様子を見てもらった後に病棟内の談話スペースに移動し、前回の審査のときに渡したのと同じメモを見てもらう。父が自閉スペクトラム症かも知れないということを書いたメモだ。じっくり読んで私の話も聞いてくれ「参考にさせてもらいますね」とメモを持って帰った。どうか、要支援二よりも重い認定が下りてほしい。

その後、面談室に移動する。病院のケースワーカーさん、看護師長さん、地域包括支援センターのケアマネジャーさんと私。そして、退院後に在宅医療でお世話になる方々と初めてお会いする。

退院後の往診は、父の血圧を診てくれていた近所の内科の先生が特別に来てくれることになった。その先生が指定した訪問看護ステーションの看護師さん達が訪問看護に、そして、ケアプランの作成も訪問看護ステーション所属のケアマネジャーさんが行ってくれることになった。地域包括支援センターのケアマネジャーさんとは、ここでバトンタッチとなる。

この日は訪問看護ステーションから看護師長さんとケアマネジャーさんが来てくれ、総勢六人でのカンファレンスが始まった。何だか物々しい雰囲気だ。圧倒されそうになる。

あれはこうしましょう、これはこんな風にしていきましょうか、と今までとは全く違うスピードでどんどん具体的に物事が決まっていく。末期がんのため訪問看護は毎日来てもらえるとのことで、入浴介助は看護師さんにしてもらうこととなる。

「服薬管理はどうしましょうか?」

「病院ではご自身で出来ていますよ」

「じゃあ退院後も大丈夫そうですね」

「いや、こないだわざと飲み残したのが山ほど出てきたんですが……」

「あらあら、嫌になっちゃったのかな。じゃあ、看護師が管理しましょう」

介護保険を使って、電動のリクライニングベッド、トイレの手すりも借りることになった。

「帰られたらお父様の寝室とトイレ、お風呂場の写真をメールで送ってください。手すりを増やしたり家具の位置などを変えた方がよければ、相談しましょう」

訪問看護ステーションのケアマネジャーさんが言う。車椅子は要支援二では介護保険が適用されず、自費でレンタルすることにした。

「ポータブルトイレは？」

「あった方が安心なんですが、本人が嫌がると思うんです」

「病院でもポータブルは拒否されました」

「では今のところはやめておきましょうか」

夫の車は商用車で車高が高く、今の父の体力では自分で上って座ることは難しいだろうということで、退院の際は介護タクシーを呼んでもらうことにした。

「退院日と時間が決まったら私に一報ください。手配します」

と、病院のケースワーカーさん。

訪問看護の指示書をＹ病院が作成し、それを元に訪問看護ステーションの看護師さん達がケアをしてくれる。今後の投薬や体調管理は、Ｙ病院からの診療情報提供書を元に往診の先生が行ってくれることとなる。

ここまで来て、一番厄介な問題があった。食事の管理だ。

ホームヘルパーさんに来てもらって父の分の食事を作ってもらう方向で考えていたのだが、それは出来ないと訪問看護ステーションのケアマネジャーさんに苦々しい表情で言われてしまった。若い世代が同居している場合、病気など特別な事情がない限り、現行の介護保険制度ではホームヘルパーによる生活援助は出来ない決まりとなっているというのだ。要するに、赤ちゃんのお世話は大変だけど出産は病気じゃないし、ごはんくらい空いた時間に作れるでしょ、ということだ。

ちょっと待ってくれ、自分達の食事の用意もままならないのに、父の介護食の準備までどうやってしろと言うのかと最初は憤ったが、ケアマネジャーさんの説明を聞く限りではどうしようもないらしかった。

「高齢者用の宅配弁当を頼むのが一番いいと思います。食事は大切ですよ」

今まで沢山の利用者さんのお世話をしてきたケアマネジャーさんがそう言うならと、お弁当を試してみることにしたが、父はどう思うか、食べてくれるのか……。

一通りの打ち合わせが終了し、父の様子が見たいということでそのまま全員で病室へ向かう。訪問看護ステーションの看護師長さんとケアマネジャーさんが父に話しかけているのを、病室の外から見守った。

「絶対家で見続けないといけないわけじゃないからね。いつでも『無理！』って言っていいのよ」

病院の看護師長さんがそう言ってくれる。

カンファレンスの空気に圧倒され、絶対に家で見続けなければならないような気になってしまっていたので、看護師長さんにそう言われて少し気持ちが楽になった。続いて訪問看護ステーションの看護師長さんも病室から出てきて励ましてくれた。

「赤ちゃんがいてるんでしょう？　よくがんばったね。これからは私達がついてるから大丈夫よ」

また少し楽になった。楽になったけれど、私の両肩には見えない大きな大きなプレッシャーの塊がどさりと乗っかっていて、決してどいてはくれない。

みんなが帰った後、父に声をかける。

「いっぺんにようけ言われても、わからへんわ……」

ここまで来ても事の重大さに気がつかないのか。

「お父さんが家に帰ってきても、私達は赤ちゃんのお世話があるから、もう今までみたいにはサポートしてあげられへんねん。ごはんも作られへんし、赤ちゃんを放ったらかしてお父さんのお風呂の手伝いをすることも出来へん。部屋で転んだって、赤ちゃんを放って助けに行くことも出来へん。だから、看護師さんに来てもらったり、ベッドとか手すりとか必要なものを借りて、お父さんが一人でも生活していけるように助けてもらうから。ごはんもお弁当を頼むことにしたから、もう私達は作れないからね」

わかりましたと父は言った。今まで何度もそう言って、でも本当は全く理解してくれていなかった。頼むよ。頼むからわかってくれ。

十二　在宅医療

二月十五日。父が退院する日だ。夫は週末に大きな仕事が入っていて、その準備をしなければならなかったが、この日は家にいてくれた。朝から二人で対応に追われた。まず、介護用品の搬入が始まる。レンタル業者の方々が来て、ベッドの部品やマットレスを運び込み、手際よく組み立てていく。トイレにも据え置き型の手すりを設置してもらい、使い方などの説明を受けた。息子は起きていたが、機嫌よくベビーベッドに寝転んで遊んでくれており、夫が様子を見ていた。

業者の方が帰ると、電話が鳴る。市の保健師さんが心配して連絡をくれたのだった。

「僕は週末仕事で、美紀ちゃんがストレスを溜めると思うので、一度様子を見に来てあげてください」

電話に出た夫が言っている。おいおい何だよその言い草はと思うが、父の退院のことで本当に頭がパンパンになっているので、ありがたく来てもらうことにした。電話を切る。バタバタしているときに限って重なるもので、また電話が鳴った。先日受診した整骨院の院長さんだ。両手が痛く、指先があまりにもしびれて不快なので診てもらったが、よくなる兆しはなかった。

「その症状だとリウマチの可能性があるので、早めに病院に行かれるのがいいですよ」

わかった。ありがとう。今リウマチになんてなったらものすごく困る。困るけど、じゃあこの状態でいつ病院に行けばいいんだ？

そうこうしているうちに、夫が父を迎えに行く時間になり、車で出て行く。私は息子に授乳する。チャイムが鳴った。え、もう帰ってきたの？とドアを開けると、高齢者弁当の配達だった。毎日昼食と夕食を持って来てもらうので、息子のお世話で手が離せないときは玄関のどの辺りに置いておいてもらうかなどを相談する。

その後も息子を寝かせてバタバタと動き回る。お昼前、とうとう父が帰ってきた。介護タクシーの運転手さんに助けてもらいながら玄関まで入ってくる。段差が上れないので手を貸そうとしたのだが、玄関収納の開き戸の取っ手をつかんで離そうとしない。

「お父さん、そこを持ったら下駄箱の扉が開いて転ぶよ。手を貸して」

やっとのことで段差を上る。階段も一段一段、杖をついて手すりを持ちながら上りきったが、とにかくこちらの言うことを聞かない。介護タクシーの運転手さんが居間まで付き添ってくれて本当に助かった。父がベッドに座ったところで玄関に戻り支払いを済ませる。夫の車は介護タクシーの後を追いかけていたが、少し離れてしまったようだ。

午後からは訪問看護ステーションの看護師さんとケアマネジャーさんが様子を見に来てくれることになっていた。その前に昼食を済ませてもらわないと。父に尋ねる。

「ごはんどうする？　今食べられそう？」

「何を食べようかな……」

先日の私の説明を一切無視した答えが返ってきた。玄関の件ですでにイライラしていた私はこの一言で早々に爆発してしまった。

「何？　ごはん作れって言うの？　私らはもう作られへんって言ったはずやけど。今から自分で食べたいもの買いに行くの？　それとも私に買いに行かせる気？」

これからはお弁当頼むって言ったやろ！　あんたのごはんなんかもうないわ！！と怒鳴り、キッチンに置いてあるから食べてと吐き捨てて一階の部屋へ戻る。夫が帰ってきて、取り乱した私の代わりに父に電子レンジの使い方を教えてくれた。お弁当は繰り返し使えるプラスチック容器に盛りつけられていて、電子レンジでも温められる。

今のうちに息子をお風呂に入れてしまわないと、と用意をしていると、父が洗面所に現れた。

「弁当いただきます」

何や、一人で歩けるんやんか。階段も上り下り出来るんやんか。さっき帰ってきたときは、私や運転手さんの言うことも聞かず、あれだけ手こずらせたくせに。

「わざわざそれを言うためだけに来たん？」

父をにらみつけ、お風呂の用意を続ける。

「ちょっと、あんまり怒らんといたり。『何で怒られたんやろう』って涙目になってるよ」

わかってる。わかってる。わかってるけど腹が立つねん。

大急ぎで息子をお風呂に入れ、授乳が終わったところでチャイムが鳴った。訪問看護ステーションの職員さん達だ。ケアマネジャーさんと看護師長さん、そしてもう一人看護師さんが来てくれた。

看護師さんがバイタルチェックをしてくれたりなど、父と話している間に、看護師長さんから契約書などの説明を受けた。実に沢山の書類に目を通し、何箇所も印鑑を押さなければならなかった。自分も働いていたから知ってはいたけど、こんなにも多いとは……。

料金についての説明も聞き、クリニックで働いていたときに必死で勉強した経験がまさかこんなところで活きるなんて、と心の中で苦笑した。訪問看護は一日一時間程度、毎日欠かさず来てくれるようだが、それ以外の時間で何かあったときに連絡する電話番号なども教えてもらった。往診は週に一度来てもらうことになっている。

何かあればすぐに来てもらえる。そう思っても、不安は完全に消え去るわけではない。

息子が眠ったので、夫も居間に来て話を聞いたり父の不安を和らげようと声をかけたりしてくれていたが、途中タバコを吸うために席を外した。後で聞くと、そのときケアマネジャーさんも同時に外へ出て、二人で少し話をしたのだと言う。

「奥さん、どうですか？　赤ちゃんのお世話は大変ですか？　お父さんの面倒が見られないくらい大変ですか？」

夫はその質問に対して、自分なりに考えていたことを答えたそうだ。どんなことを話したのかは教えてはくれなかったが。

「あのケアマネさん、すごく信頼出来る人やと思うよ。二人で話せてよかった」

帰るとき、ケアマネジャーさんは私に、

「二月中に無理だと言ってもいいんですよ」

と言ってくれた。


夕方、父の洗濯物をタンスにしまうため、居間に入る。父はベッドに横になっていた。

「これからは一人暮らしと同じやと考えてほしい」

そう告げるが、明らかに夕食のお弁当を温めてもらうのを待っている感じがする。見るに見かねて「自分で温めなさい」と念を押す。しばらくして、私が他の用事をしている間にキッチンへと歩いていった。

ふと見ると、昼間着ていた服がくしゃくしゃの状態でベッドの足元に置かれていた。今はパジャマに着替えている。いやいや、ちょっと待ってよ。さっきまでなかったのに、何でここに置いてあるの？　この服を踏んづけながらベッドから降りたの？　今まで何回、転ぶと危ないから足元に物を置くな、踏んで歩くなって言った？　今日家に帰ってきたときも足元にカバンを置いたから怒ったところやんか。

「地べたに置くなって言ったやろ！」

キッチンにいる父に向かって大声で叫んだ。一階で寝ている息子が驚いて目を覚ますんじゃないか、窓は閉めていても近所中に聞こえてしまうんじゃないか、そう自分でも思うくらいの大きな声だった。父は「ちゃんとやるよ」と言い返してきたが、「じゃあ何で床に置くの？　最初からハンガーにかけたらええやん!!」と怒鳴り返してしまう。

夕食の後も、キッチンに置いてある歯ブラシを持って一階に降りようとしている。私がわざわざ洗面所から取って来てキッチンに置いたのに。転んだとき助けられないから一人で階段を使わないでと、昼間ケアマネジャーさんや看護師さん達の前で伝えたのに。「階段使うなって言わなかったっけ？」と嫌味たっぷりで怒ってしまった。

あかん、あかん。あの人は末期がんだ。もうすぐ死ぬんだよ。あんな態度やけど、大げさにして甘えている部分もあるやろうけど、体はきっと本当にしんどいし、言われたからって出来ないことだってあるよ。怒ったらあかん。怒ったらあかんよ。でも、ちょっと目についたらその瞬間頭に血が上ってしまうねん。怒らずにいられない……。

明日からは看護師さんが来て父の身の回りのことを手伝ってくれる。往診の先生も来てくれる。夫も仕事以外は家にいてくれる。

しばらくの間、父とは必要最低限以外は顔を合わせないことにした。

「お父さんとしゃべってる?」

そう看護師さんに聞かれたのは、父が退院して四日後のことだ。父の訪問が終わった後、私のいる部屋に話をしに来てくれた。

「いえ。こちらの言うことを全然聞いてくれなくて、顔を合わせると腹が立つので、今は出来る限り会わないようにしてるんです」

母が亡くなって以来折り合いが悪かったことも正直に伝えた。その看護師さんは父の訪問看護の担当責任者で、父にはもうそんなに時間が残されていないこと、その上での父と私の関係を心配してくれていた。数人の看護師さん達が毎日交代で来てくれているが、父はどの人にも「娘に怒られるねん。こわい」と漏らしているらしかった。

その前の日に来てくれた看護師さんには「お孫さんにやきもちを妬いているのでは?」と言われた。前はごはんを作ってくれたのにと愚痴をこぼしているよ、と。余命のこともやはりわかっておらず「また抗がん剤するのかなあ」と言っていると聞き、げんなりした。

本当は私が父のフォローも出来るんじゃないか。息子の面倒を見る合間に食事を作って食べさせて、時々部屋を覗きに行って、お風呂の介助をしたり着替えさせたり……。私は息子を言い訳にしてサボっているんじゃないだろうかと毎日毎日考えていた。

深夜まで泣き続ける息子をやっと寝かしつけ、三時間後に目覚ましをかけて起きて授乳、終わるとまた三時間後に目覚ましをセット。それが鳴るのが大体一〇時半頃なので、授乳し、自分の朝食が食べられるのが十一時過ぎ。食べ終わるとお風呂の準備をし、息子と一緒に入る。授乳して寝かせてから自分の髪を乾かし、出かける支度をして息子を抱っこ紐に入れ、散歩に連れて行くのが十四時か十四時半頃。買い物もして帰ってきてまた授乳。十六時頃にやっと昼食。昨日の残り物を餌みたいにかき込む。夕方になるとぐずり始めるので抱っこ、授乳の繰り返し。合間を見て自分達の食事を作り、食べられるのが二十二時か二十三時頃。

加えて、父の退院の翌日は息子の経口ワクチンの練習で小児科に行かなければならず、次の日は四月から利用を考えている認可外保育園の面談、その次の日は経口ワクチンの本番と、ちょうど看護師さんが来てくれる時間帯に外出しなければならなかった。私が父の面倒も見るのは不可能だった。

看護師さんは父の体を拭いたり、足湯をしたり着替えを手伝ったりしてくれていた。杖をついて一階から三階の階段を上り下りする練習にも付き添ってくれた。何より、第三者が間に入ってくれたおかげで私達の気持ちが随分楽になった。

退院五日後は私の誕生日だった。三十一歳、こんなに自分のことなんかどうでもいいと思った誕生日は初めてだった。昼は近くの定食屋さんでお弁当を買って食べ、夜は仕事終わりの夫がコンビニエンスストアでケーキを買って来てくれた。父の退院当日に電話をくれた保健師さんが様子を見に来てくれ、忙しいはずなのに一時間も私の愚痴を聞いてくれた。息子の体重を測ったり、首のすわりも見てくれた。誰とも会わないのはさすがに寂しいし、保健師さんが来て話を聞いてもらえてありがたかった。

「お母さん、赤ちゃん汗かいてるんじゃない？　お部屋もあったかくしてるから、薄着にして布団もそんなに沢山かけなくてもいいですよ」

そう保健師さんに言われたが、息子が汗をかいているのかどうか私にはわからなかった。母親なのに、自分の子どもが暑いのか寒いのかもわからない。この頃は顔全体に乳児湿疹が出たり、脂漏性のフケが出て洗っても洗ってもすぐに髪がベタベタになっていた。インターネットなどで調べると、乳児湿疹もフケも数ヶ月すれば落ち着いていくと書かれていたが、うちの子だけ特別な病気で、いつまで経っても治らなかったらどうしよう、なんて考えてしまう。産後二ヶ月経っても、次から次へとお世話に関してわからないこと、悩みは尽きない。うちの場合はそれに加えて父のケア。

深夜、ベビーベッドに取りつけたメリージムを回しながら、泣き止まない息子をあやす。メリージムからは「ゆりかごの歌」という子守唄が流れる。ゆらゆらと抱っこして息子とその子守唄を聴きながら、いつまた二階から父の叫び声が聞こえるかという不安を抱えて毎晩過ごした。いつも二階の物音に耳を澄ませていた。

しばらくして介護認定の再審査の結果が届いた。要介護一。要支援二よりも一段階重い。使えるサービスも少しは増える。けれども、だ。妥当ではないかという思いと、あれだけ切実に私達の現状を訴えたのに、たったの一段階かという残念な思いが交錯した。

十三　お宮参り

父の退院の翌週、私達は大きな予定を抱えていた。息子のお宮参りだ。

お宮参りは一般的に生後一ヶ月頃に行くものなのだが、夫の強い希望で、父も一緒に連れて行こうということになっていた。気胸がなかなか治らなかった時期に、肺の処置をする機械をつけたまま一時帰宅させて連れて行こうかとも話していたが、結局手術をすることになったので、それなら退院まで待とうということになったのだ。

「一ヶ月も延びてしまうくらいやったら、お父さんなんか放っといて私達と義両親だけで行ったらええやん」

私はそう言ったが、夫は頑なだった。

「この子のイベントにお父さんが参加出来るのは最初で最後やで。ちゃんとした写真が一緒に撮れるのも最初で最後。今回だけはこだわらせてほしい。この子が大きくなったとき、おじいちゃんと一緒にお宮参り行ったんやでって写真見せてあげたいねん。

おじいちゃんのためじゃない、この子のためや」

確かにその通りだった。近しいイベントなら生後一〇〇日のお食い初めもあるが、その頃に父がどんな状態になっているかはわからない。「めばえ」に一緒に出演したりもしたが、この先息子におじいちゃんとの思い出を作ってあげられる可能性は限りなく低い。

私達は近くの神社に祈祷のお願いをし、写真館も予約した。


二月二十三日。

朝七時に起きて準備をし始めたのに、出発の時間に全然間に合わない。ぐずっている息子をお出かけ着に着替えさせ、おっぱいをあげる。九時半に義両親が来てくれたが、私はまだパジャマのまま。おっぱいの後のミルクは義母に手伝ってもらって着替えをし、ママバッグの中身を確認する。

父はまだ一人で身支度が出来る程度の元気はあった。毎日訪問看護に来てもらうたびに「お宮参り行けるかなあ。無理かなあ」とぶつぶつ不安がっていたようだが、前日には看護師さんに手伝ってもらってシャワーを浴び、ちゃんと出かけられるようにしていた。退院して数日後に昼夜のお弁当に全く手をつけなくなってしまったのが気がかりだが、昨晩は往診で処方してもらった高カロリードリンクを飲んでいたし、朝はパンとバナナを食べたと言っている。

とにかく今日一日がんばってほしい。居間にいる父に「行こう」と声をかけ、一歩一歩ゆっくりと階段を下りるのを見守る。靴を履かせ、レンタルしたばかりの車椅子に乗せる。

父の体調も心配だったが、私も体調が万全ではなかった。二日前に嘔吐と発熱があり、一日ぐったりしていたのだ。原因はおそらく、父が手をつけなかったお弁当だ。せっかくお金を払って配達してもらっているのにもったいないからと、父が食べなかったときは夫か私が食べていた。その日は、どのおかずもお酢をきかせてあるなあと思いながら私が全部食べたのだった。配達の担当さんは、チャイムを鳴らしても私達が出てこないときは、玄関先にお弁当を置いておいてくれるのだが、その後取りに出るのを忘れてしばらく放置してしまうことがあった。二月にしては少し暖かい日だったので、傷んでしまったのだろう。夜中に吐き気がして目が覚め、全部戻してしまった。翌朝から発熱。夫は仕事で一日おらず、たまたま約束をしていた義両親が覗きに来てくれたのだが、もし感染するような病気だったら、引き止めてうつしてしまうわけにはいかない。すぐに帰ってもらい、夫が帰宅するまで一人必死で息子のお世話をした。いつもは布おむつのところを「ごめんね」と紙おむつをつけ、三時間毎の授乳のときにだけ交換した。母乳とミルクでお腹いっぱいにしてベビーベッドに寝かせると、柵のところに取りつけていたいもむしのおもちゃを手でリンリンと叩いて鳴らし、機嫌よく遊んでくれていた。その間私は休むことが出来、とても助かった。でもこんなことはもう二度とごめんだ。

父がまだ元気だったら、体調が悪いので息子を見ていてほしいと頼めたのだろうか。その父も二階でほぼ寝たきりだ。何て変な家なのだろう。看護師さんが訪問から帰るときに「お大事に……」とだけ声をかけてくれた。父のために来てくれているのであって、いくら家族が体調を崩していても、そのケアまでは出来ないのだ。

仕事を終えて帰ってきた夫に息子をバトンタッチし、三階で一人朝まで寝かせてもらった。おかげで熱は下がったのだが、胃痛が治まらず、近所の医院へ行き胃薬をもらった。父と同じく、今日一日何とか持ちこたえてほしい。

神社までは歩いて一〇分ほどだったので、全員でわいわいと向かった。息子は夫が抱っこ紐に入れ、私が父の車椅子を押した。神社に着くと、高齢の神主さんは祈祷の予約が入っていたのを忘れていたようで、慌てて準備し始め、みんなで苦笑しながらそれを見守る。しばらくして、拝殿に案内してもらった。父は車椅子から降り、杖をついて拝殿へ入る。拝殿には背もたれのない小さな椅子が並べられており、多少心配ながらもその椅子に父を座らせる。慣例として、赤ん坊は父方の祖母が抱くことになっているので、義母が息子を抱き、祈祷が始まった。拝殿の中はしんと静まり返っており、神主さんの御幣《ごへい》を振る音だけが響く。

「ご起立ください」と言われ、全員立ち上がる。神主さんが祝詞を読み上げ始める。父はまっすぐ立つことが出来ず、すぐにふらふらし始めた。私が腕をつかんで立たせようとするが、安定しない。義父母に「座っとき」と小声で言われ座らせたが、結局一分も立つことが出来なかった。父の体の衰えを実感し、祝詞は全然耳に入ってこなかった。

無事祈祷が終わる。息子はぐっすりと寝ている。私達は拝殿を出て、境内に並んで写真を撮った。後から見ると父はともかく、義父はスーツ、義母はジャケットをちゃんと着ているのに、肝心の私はペラペラのワンピースに手入れしていないボサボサの髪、夫はノーカラーのくしゃくしゃのシャツ。ちょっとどうかと思うが、私達に着るものを考えている余裕はなかった。

みんなにこにこ笑っている。父も、カメラ目線を間違えていて、どこを見てるねんとツッコミを入れたくなるが、にっこり笑っている。

ちょうどお昼の時間になったので、お寿司屋さんに移動する。みんなでお祝い膳を食べることになっていた。

ここで夫に走ってもらう。いくら個室でもお店で長時間座って過ごすのは体力的に辛いだろうと考え、父の分だけ持ち帰り用のお弁当を作ってもらっていたのだ。まず夫が車椅子の父を家に連れて帰り、それから自転車でお寿司屋さんまで走ってお弁当を取りに行く。父にお弁当を届け、またお寿司屋さんまで戻ってきてもらう。

「俺が言い出したんやから、それくらいやるよ」

夫はヒイヒイ言いながら自転車を走らせてくれた。

父を一人にさせたのは申し訳なかったが、みんなでお膳を食べて一休みした。お店の方が個室にバウンサーを用意してくれていたので、息子を寝かせ、起きたら授乳をした。

次は写真館だ。義両親は自分達の車で、私達は父を乗せて、二駅先の写真館へそれぞれ向かう。一旦家に戻ると、父は大きなお弁当を三分の一平らげていた。いつもの宅配弁当は全然食べないのに……。

写真館に着いて、撮影の前に息子にもう一度授乳をした。ぐずぐずと泣き止まないので、ミルクも足していつもより多めに飲ませた。撮影スタッフさんやみんなを待たせてしまって悪いことをしたと思っていたが、この多めのミルクが功を奏したらしい。

撮影が始まると、お腹いっぱいの息子は超ご機嫌。晴れ着をまとい、撮影台におとなしく寝かされて、ニコニコとカメラに笑顔を向けている。カメラマンのお姉さんもあやすのがとても上手だ。というか、ギリギリまでカメラのレンズの前にいて息子をあやし、笑顔でカメラ目線になった瞬間にサッと自分の体をどかせてシャッターを切る姿がとても面白くて、私達も笑いっぱなしだった。夫がそのときの様子をビデオに撮ってくれているが、私達が散々笑い転げている声がしっかり入っている。

数パターンの背景や衣装で息子一人の写真を撮ってもらい、その後は夫と私と三人で、そして義両親と父も加わって全員での家族写真を撮った。父は車椅子に座って静かに待ってくれており、撮影の際も「おじいちゃんが一番素敵ですよ!」と、カメラマンのお姉さんに褒めてもらうくらいのいい笑顔をしていた。

全ての撮影が終わり、現像する写真を選び終わる頃にはもう日も暮れかかっていたが、途中、泣きそうな声でトイレに行きたいと言われ、大慌てで身障者用のトイレに連れて行った以外は、文句も言わずつき合ってくれた。いつも来てくれている訪問看護師さんの一人が偶然私達の姿を見かけたそうで、無事行けてよかったねと訪問看護ステーションの職員さん達みんなで喜んでくれていたそうだ。

後日、アルバムになった写真を父のところへ見せに行ったとき、父はベッドから起き上がってモジモジと嬉しそうに眺めていた。看護師さんが「起きてバイタルチェックをしましょう」と声をかけたときは、しんどいから無理だと嫌がったらしいのに、アルバムを見るときはスッと起きて座った。

「よほど嬉しかったんでしょうね」

看護師さんも笑っていた。

十四　ショートステイ

お宮参りが終わってホッとしたのか気が抜けたのか、翌日に夫と私は大喧嘩をした。

「眠い眠い言うてても、ちゃんと寝てるやん」

そう夫に言われ、あなたは一ヶ月健診が終わって以来夜中の授乳やおむつ替えも助けてくれなくなったけど、私は夜中に何度も起きてるねん、寝てても細切れ睡眠で、ちゃんと眠れてなんかいないと言い合いになったのだ。私はたまらず息子の前でわめいてしまい、夫に育児部屋から追い出されてしまった。

三階へ行き、頭を冷やそうとしたが涙が止まらない。先週来てくれた保健師さんに電話をかけ話を聞いてもらう。

「ご主人も言い過ぎたと思ってるはずやから……」

わかってる。夫だって相当疲れてる。でも私も疲れてる。お互いに疲れていても、息子のお世話と父のお世話で息抜きも出来ない。

それでも動かなければならない。おっぱいが張るといけないので、泣きながら母乳をタオルに搾り出し、泣いて真っ赤に腫れた目のまま、新しい宅配弁当の業者と配達の打ち合わせをした。昨日お宮参りが終わった後、父が「今の宅配弁当は口に合わない」と言い出したので、ケアマネジャーさんにも相談して業者を変えてみることになったのだ。

喧嘩して部屋を出されてしまったのはお昼過ぎだったが、そこから息子の泣いている声がずっと聞こえていて、夜になっても泣き止む気配はなかった。夫が困った様子で抱っこ紐に入れ、散歩へ連れ出している。帰ってきてしばらくするとまた泣いているので、おっぱいをあげてみてもいいかと尋ね部屋に入った。表立って仲直りはしなかったが、自分達の息子が何よりも一番大事なのは、夫も私も同じだ。

結局おっぱいをあげてもミルクを足しても抱っこしても息子は泣き続け、二十四時を回った頃にやっと落ち着いて寝てくれた。私が大声を出したことにびっくりしたのか、夫が怒ったのが怖かったのか、お父さんとお母さんが喧嘩をしたことにショックを受けたのか。赤ん坊は繊細だ。ごめんね、ごめんねと何度も謝った。

一方で、父は私達が喧嘩したことにも気づいていないかも知れない。居間の襖《ふすま》を閉め切ってずっと寝ている。「口に合わない」業者のお弁当には全く手をつけず、往診の先生に処方された高カロリードリンクを飲んでいる。訪問看護師さんがサンプルとして持って来てくれた、市販の高カロリーのゼリーやジュースなども口にしているようだ。私の方でもカタログを見ながら食べやすそうなものを注文し、試してもらうことにした。

新しい業者の宅配弁当が届くと、気に入ったようで昼夕とも半分ほど食べてくれた。普通食ではなく、やわらか食にしたのがよかったのかも知れない。その日はお風呂にも入れてもらった。

「入るまでは嫌や、嫌やって言うてたけど、いざ入って『気持ちええやろ？』て聞いたら『うん』と言ってはりましたよ」

と、看護師さんが笑っていた。

慌しく過ごしているうちに、三月に入った。一日、ケアマネジャーさんが様子を見に来てくれた。

チャイムが鳴ったが、私は息子にミルクをあげていて玄関に出られない。たまたまドアの鍵を開けたままにしていたので、大声で呼ぶ。

「開いてますからどうぞ！」

そっとドアを開けて入ってきたケアマネジャーさんは私の姿を見て、そういうことかと納得した顔をしていた。看護師さんには家の合鍵を渡してあったので、訪問看護のときはいつもそれでドアを開けて勝手に入ってもらっていた。

月が変わったので、書類関係の更新をし、父の現状について話す。食事は、新しい宅配弁当で様子を見ること。今の体調。二月は何とかなったが、ではいつまで自宅で過ごしてもらうのか、など。

『歩けない』『全く食べられない』『痛みが出る』このどれか一つでも当てはまるようになったら、この家で面倒を見るのは難しいと考えています」

私がそう話すと、

「それでいいと思います」

と、ケアマネジャーさんもうなずいた。

業者を変えたらお弁当を食べてくれるようになったし、痛みは二日前の夜中にわき腹が痛いと呼ばれたが、痛み止めを飲んで三〇分ほどでましになった。がんの疼痛はそんなどころではない。激しい痛みを抑えるために、医療用麻薬の成分が入った飲み薬や貼り薬、場合によっては点滴なども使用しなければならない。今の父の場合は頭痛や生理痛に用いられるような、ごく一般的な鎮痛剤で抑えられるような痛みだし、そもそもがんの痛みなのか気胸の術後の痛みなのか、はたまたずっと寝ているせいで節々が痛いだけなのかわからない。まだ、家で過ごせる段階だと私も判断していた。

それはそれとして、夫が今月中旬から東京へ出張に行くことが決まっており、一〇日間ほど家を空けることになっていた。戻ってきてもまたすぐに別の仕事で四、五日は家にいない。その間、私一人で父と息子両方の面倒を見るのはかなり厳しいと思い、父をショートステイに預けられないかとケアマネジャーさんに相談していた。幸い訪問看護ステーションと同じ系列の有料老人ホームが、二週間受け入れる方向で調整可能だと言ってくれているとのことだった。父を預かってもらえたら、私も息子を連れて夫の実家にしばらく身を寄せるつもりだった。

まだ父本人には話していない。拒否されたらどうしようという不安はあるが、行ってもらう方向で説得しなければならない。

「ところで、お仕事の方は？　四月復帰というのは、変更は出来ないんですか？」

「……はい。産後早く復帰することを条件に休みをもらっているので、必ず四月には戻らないといけません」

実は、薬局のパート復帰も来月に迫ってきていた。経済的な事情もあり、復帰を諦めるという選択肢は考えられない。

これだけ沢山の人がサポートしてくれているのだから、何か問題が起こってもきっと解決策はあるし、何とかしてやっていけるだろうと自分に言い聞かせていた。何とかしなければならない。何とか。

私達に猶予はなかった。現実は容赦なく目の前に迫ってくる。

次の日の夜、父の部屋を訪ね、ショートステイに行ってほしいことをそれとなく話してみた。「ちょっと考えてみるわ」とのことで、うんわかったと言いこの日はそれで終わった。同居のときもそうだったたし、父はいつもすぐには決断せず「考えてみるわ」と言うのだ。今回も一呼吸置きたいだけで、ＯＫの返事がもらえるに違いないと思っていた。

が、次の日の夜、返事を聞きに行くと「ちょっと無理やなあ」と言い出した。どうして無理なんだろう？　食事は手作りだし、何かあれば職員さんが飛んできてくれるんだから、今この家で過ごしているよりも状況はずっとよくなるはずだが……。

話を聞いてみると、昨日父に説明するときに敢えて「老人ホーム」という言葉を使わず「高齢者住宅」と言ったのがよくなかったらしい。誰もいない部屋で身の回りのことは全部自分一人でしなければならないと思わせてしまっていたようだ。そうではなく、職員さんや看護師さんにいつでも助けてもらえるよと説明すると、それなら行くと言ってくれた。ああよかった。ホッとした。

ところが、ショートステイが決まった直後から、父は何故かほとんど食事をとらなくなってしまった。

まだ三月初旬だったが、少し早めに春が訪れたような暖かい日があったので、息子をベビーカーに乗せて散歩に行った。初めてのベビーカーだ。揺れが心地よかったのか、息子はすぐに眠ってしまった。

こぼれたミルクや汚れが溜まってしまうのか、首のしわのところが赤くなりジュクジュクしてしまっていた。入浴時にきれいに洗って保湿クリームを塗っていたがなかなかよくならないので、皮膚科へ連れて行く。同じビルに、父の往診に来てくれている内科も入っているので、往診代の支払いも済ませる。

別の日、父の高額医療費の申請や息子の病児保育室の問い合わせなどにも出向き、その足で父のショートステイをお願いしている老人ホームの見学に行った。老人ホームのすぐ近くに友人が住んでいたので、わがままを言ってお邪魔し、授乳させてもらったり、昼食をとらせてもらったりした。とても助かった。

老人ホームは、一般的な高齢者向けの施設という感じだった。中に入ると職員さん達が笑顔で挨拶してくれ、施設全体の雰囲気もよく、ここなら安心して父を任せられると思った。

空き部屋は二階と四階に一室ずつあり、二階は認知症の方が多く、四階は比較的健康体の方が多いと説明を受けた。どちらの階のお部屋を希望しますかと尋ねられ、少し迷ったが、職員さんの配置人数は少ないけれども、四階の方に入れてくださいとお願いする。自分の病状を理解していない父の性格を考えると、元気な入居者さん達と一緒にいた方が、父自身も元気で過ごせるだろうと思ったのだ。老人ホームの職員さん達が父の様子を見に来ることになっていたので、そのときに決定することになった。

一通り見学して、先ほどの友人の家へ再度上がらせてもらう。友人の子どもも私の息子もぐっすり眠っていたので「ちょっとゆっくりしていきなよ」と言ってもらい、甘えてのんびりお茶を飲ませてもらった。

夕方近くにおいとまし、駅から父に電話をかける。訪問看護のタイミングに合わせて帰るつもりだったのに、すっかり忘れていた。看護師さんはすでに帰ってしまっていた。さらに、父は熱が上がってきたと言っている。昨日腫瘍熱が出て三十九度まで上がり、解熱剤を使っていたのだった。今朝測ったときは平熱に戻っていたのだが、また上がってきたようだった。

急いで家に向かっているところに、今度は事務所で仕事をしているはずの夫から電話がかかってきた。

「お父さん、何かあったん？」

熱が下がらないと夫のところにも電話をかけたらしい。慌てて二人で家に帰ると、父は解熱剤を飲んで落ち着いている様子で、夫に電話したのは携帯電話の誤操作だったらしい。それなら、わざわざ心配させるようなことは言わなければいいのに。来週からの東京出張の準備で忙しくしている夫に対して申し訳ない気持ちになり、父にも少し強めに注意してしまった。父も、ごめんなさい、ごめんなさいと謝っている。

ふと足元が気になって目をやると、畳に敷いているホットカーペットに変な大きな染みが出来ている。高カロリードリンクを飲んでいてこぼしてしまったらしい。ティッシュで一生懸命拭き取ったようだが、ベタベタになっていた。こぼすのは仕方ないから必ず声をかけて、と言いながら雑巾できれいに拭く。

退院して自宅に戻ってきた当初よりも、明らかに手がかかるようになっていた。ドリンクやゼリーは少しずつ口にしていたようだが、せっかく業者を変えたお弁当は、もう手をつけていない。腫瘍熱が出始めたことも不安だ。

翌日、老人ホームの職員さん達がやってきた。生活相談員さん、リハビリの担当さん、老人ホーム専属のケアマネジャーさんと看護師さん。さらに訪問看護ステーションのケアマネジャーさんも来て、合計五人で居間はパンパンになった。二〇年住んでいて、この部屋にこんなに沢山のお客さんが来たのは、母が亡くなったときと法事以来だった。

職員さん達が父を囲んで、食事や歩行、お風呂など、今出来ていること、逆に困っていることなどを質問する。最初はぽつぽつと質問に答えていたようだったが、少し席を外して戻ってくると、父はベッドに腰かけたまま、首が折れるんじゃないかと思うくらいうなだれ、もう一言も発していなかった。

今日は熱は出ていない。食事をとらなくなったこともそうだが、体調が悪いというよりは、ショートステイで初めての場所に行く不安や緊張からおかしくなっているように見受けられた。老人ホーム専属のケアマネジャーさんに伝える。

「ネガティブな人で、何をするのもまず『嫌だ、しんどい』という言葉から始まるんです。入浴を嫌がったり、歯磨きもしょっちゅうサボっているので(実際、歯磨きは訪問看護の際に見てもらわないとやらなかった)、声かけをお願いします」

職員さん達が帰った後に来てくれた訪問看護師さんも「気持ちの問題だと思う」と

言っていた。せっかく家に帰ってきたのに、沢山の人達が父の環境を整えて少しでも過ごしやすくしようとしてくれているのに、父は自分から、少しでも元気に、快適に過ごそうと努力することはない。

ショートステイで今とはまた違う環境に身を置くことで、ストレスを感じるのではなく気分転換をしてくれることを祈るばかりだった。

十五　悪夢のような夜

出張に行く前にお父さんに鍋でも食べさせてあげたいと夫は言ってくれていたが、準備などでバタバタして、結局その機会は作れなかった。

「ここ数ヶ月で君はずいぶん成長したから大丈夫だよ。俺がいない二週間、がんばってね」

出発当日の朝、夫は私に歯の浮くようなお世辞を残して東京へと旅立って行った。その直前には「俺も君と同じくらいしか寝てないんだから眠い」なんて嫌味を言っていたくせに。

私は成長なんてしていない。いまだに息子と父のお世話でまごまごしているじゃないか。そんないい加減な励ましの言葉をかけられたって余計不安になるだけだ。まあ、それが夫なりの励まし方なんだが。

夫が東京へ出発したこの三月十三日だけは、父と息子と私の三人で家で過ごすことになっていた。次の日から父は老人ホームで九日間過ごし、その間私は産後ケアセンターで母乳指導などを受け、それが終わったら奈良の義実家に滞在する予定だった。今日一日を乗り切れば、全てが上手くいくはずだった。はずだったのだ。

訪問看護の看護師さんが来たとき、父は朝食後の薬を飲んでいなかった。「間違えたかなあ」なんて言っているのを私もそばにいて聞いていたが、今まで散々サボったり嘘をついてきた父だ。わざと飲まなかったのかも知れない。看護師さんにリハビリパンツの穿き替えを手伝ってもらう際も、ズボン下が汚れているから着替えましょうと言われたのに拒否したという。

相変わらずお弁当を食べようとしないので、りんごを剥いたら食べるかと聞いてみると「食べる」と即答した。りんごの皮を剥きながら、やっぱりお弁当じゃなくて手作りのごはんが食べたいのかなあ……と考える。父にりんごを持って行き、尋ねてみる。

「ごはんは食べられなくても、りんごは食べられるのは何で？」

「わからん。置いといて」

数時間後キッチンに入ると、先ほどのりんごが手つかずの状態でテーブルに返されている。私が余計な質問をしてしまったからだろうか。何も言わずに食べてもらえばよかったのだろうか。

ぐずっている息子を抱っこ紐に入れて散歩に連れて行く。ちょうどその日は、近所にある球技場で、有名なアーティストの野外ライブが行われていた。音だけでも聴けたら、と球技場の近くまで行く。ドコドコと重低音が響いているだけでよくわからなかったが、抱っこ紐の中の息子に「お歌が聴こえるね」と話しかけて楽しんだ。

帰宅しておっぱいとミルクをあげ終わる頃には、もう日も暮れかかっていた。今日中に父のショートステイの荷物と、産後ケアセンターに宿泊するための息子と私の荷物をまとめなければならない。間に合うだろうか。

十七時半頃、息子がうんちをしたので、おむつを替えようとしたときだった。二階から、ドスンという大きな音がした。父だ。転んだ？　倒れた？

「ごめんね。後でおむつ替えるから、ちょっと待っててね」

息子に声をかけ、父の様子を見に行く。案の定居間で転んでいた。トイレに行こうとベッドから降り、落とし紙のストックを取ろうとして座布団につまづいたという。手伝おうかと言うと、自分で落とし紙を取りふらふらとトイレへ向かっていった。「座っておしっこしてや」と、念のため声をかける。

一階に戻り、今度こそと息子のおむつを開く。うんち、してるしてる。新しいおむつに替える前におしりを拭こうとした矢先、またドスンという鈍い音が聞こえた。また転んだのだろうか。どうしよう。おむつを取り替えている余裕はない。咄嗟に一度開いたうんちのおむつを閉じて、再び二階へ駆け上がる。

父は今度はトイレの前の床で転んでいた。立ち上がろうとしているが足が言うことを聞かないようだ。壁に手をかけても、杖を渡しても、私が腕をつかんで支えようとしても、自分で体を持ち上げることが出来ない。

一階から息子の泣く声が聞こえる。ああ、うんちのおむつをまだ替えていないんだった。でも父は全く立ち上がれない。何で立たれへんねん。がんばってくれよ。

「お父さん、あの子うんちしてるねん。おむつ替えないとあかんねん」

焦って強く言ってしまう。「ごめん、ごめん」と謝る父。それでも立てないので、動かずにそのままそこにいてと言うと、父はトイレの前の冷たい床にゴロリと寝転んだので、寝るのはあかんと居間の畳の上まで這って行かせた。

一階へ駆け降りて、泣いている息子のおむつを替え、訪問看護ステーションに電話をする。

「父が転んで、起き上がれないんです。どうしたらいいですか?」

すぐに看護師さんが様子を見に来てくれた。どこかを強く打ったり、怪我をしている様子はない。ベッドに上るのを手伝ってもらう。

「明日からショートステイだし、また転んでもいけないから、今日はベッドから降りないでね」

「トイレはどうしたらいいですか？」

「悪いけど今日はリハパンの中で済ませてもらいましょう。娘さん、出来れば赤ちゃんの機嫌がいいタイミングを見計らって、トイレに付き添ってあげてください。寝る前とか」

夜の方が機嫌が悪いんだけど……。一体どうしたらいいんだろう。ホームヘルパー二級の資格を持っているものの、実際に勤務した経験はほとんどない。トイレに付き添えたとしても、また転ばれたら私には助けようがない。

不安で頭がいっぱいになり、玄関で看護師さんを引き止めて、まくし立ててしまう。

「今の父の様子じゃ、これ以上家で面倒を見るのはもう無理です」

「まあそう焦らないで。ショートステイに行けばリハビリも出来るし、気分が変わってまた元気になってくれるかも知れないし……」

看護師さんは私をなだめて帰っていった。

どうしよう。どうしよう。どうしよう。

あたふたしていると玄関のチャイムが鳴った。近所に住む母方の伯父が、たまたま父に会いに来てくれたのだった。

「おっちゃん！　ちょうどよかった。今お父さんが転んでね、起き上がれなくって、トイレにも行けなくって、それで……」

しどろもどろになっている私に、伯父は「まあまあ、落ち着け」と言い、父のいる居間へ入って行った。「こけたんか？」と、声をかけてくれている。

外はもう真っ暗で、小雨が降っていた。看護師さんは、おしっこはリハビリパンツの中にと言っていたが、手持ちのリハビリパンツは薄手のもので、間に合わないかも知れない。でもこの雨の中息子を連れて、大人用の大きなオムツのパックを下げて歩くことは……。

伯父が別の親戚とも協力して、大きな尿取りパッドを買ってきてくれた。手持ちのリハビリパンツにこのパッドを重ねて穿けば、沢山尿が出たとしても朝まで持ちこたえられるだろう。助かった。伯父が偶然来てくれなかったら、私一人ではどうしようもなく、途方に暮れていたところだった。

息子の授乳の時間が近づいていたので、授乳が終わったらリハビリパンツを交換しようと思い、ひとまず様子だけ見に居間を覗く。と、突然父がつぶやいた。

「おかゆさん、食べたいなあ……」

「え、今？」

「うん」

時刻は十九時半。転倒騒ぎで夕食はもちろんまだ食べていないし、お昼も何も食べていない。授乳を済ませてからおかゆを作っていたら二〇時半を回ってしまう。

大急ぎで卵がゆを炊く。何でやねん。何で今言うねん。息子のお世話がどんどん後回しになっていくやんか。イライラしながら茶碗におかゆを盛り、居間のテーブルの、ベッドから降りなくても手が届く位置に置いた。

「パンツ大丈夫かなあ」

「後で替えるから待っといて！」

育児部屋へと駆け戻り、授乳する。授乳後にまたうんちをしたので、おむつを替え、そのおむつを洗い、パンツ穿き替えようか」

「お父さん、パンツ穿き替えようか」

用意しようとすると、何故か父はこう答える。

「今日穿き替えたばっかりやから、ええわ」

大丈夫かなあとさっき自分でも言っていたのに、何を言っているんだ？

「おしっこ出てるんちゃうの？」

「してない」

そんなわけがない。

「出てなかったとしても、今日の夜は一人でトイレに行けないんだから、新しいのに替えとこうよ」

ベッド脇に立たせ、リハビリパンツを脱いでもらう。濡れている。

「いつの間にしたんかな……」

そんなこともわからなくなってしまったのか……。

買ってきてもらった尿取りパッドを重ね、新しいリハビリパンツを穿かせる。一人で立ってトイレに行ってはいけない、何かあったら携帯電話を鳴らして呼んでねとしつこく言って聞かせ、部屋を出た。おかゆは半分ほど減っていた。

自分の夕食をかき込んで済ませ、翌日の準備に取りかかろうとする。と、先ほどまで機嫌よくベビーベッドの上で遊んでくれていた息子がぐずり始めた。ごめんね、明日の準備せなあかんから、待っててねと声をかけながら父の持ち物を一つ一つ確認していく。洗濯は職員さんがしてくれるので、服や下着類、タオルなど全てに名前を書かなければならない。隣で息子に泣かれながらマジックで名前を書いていき、カバンに詰めていく。

大丈夫、大丈夫。今晩何事もなく過ごせたら、明日からショートステイに行ってくれる。職員さん達がついていてくれるんだから、安心じゃないか。ベッドから降りるなとしつこく言ってあるんだから、今夜はもう転ぶ心配もないし。大丈夫大丈夫。荷造りをしながら、そう自分に言い聞かせた。

そうして、ぐずる息子をベッドから抱き上げたのが二十三時前だった。おっぱいをあげていると、突然携帯電話が鳴った。父からだ。しかも、父に持たせているみまもりケータイについている、緊急用の紐を引っ張って鳴らしている。

何があったのだろう。どこか苦しいのだろうか。吐いた？　吐血？　あらゆることを想像して心臓がバクバクと脈打った。息子におっぱいを吸わせたまま電話に出る。

「どうしたん？」

「助けて……」

「え？」

「助けて……」

「どうしたん？」

「助けて……」

蚊の鳴くような声で「助けて」と言われるばかりで、何が起こったのか全くわからない。息子をおっぱいから引き剥がし、抱っこして二階へ上がる。居間の襖《ふすま》を開けると、父がベッドから半分落ちていた。転落防止のため、頭側と足側に、サイドレールと呼ばれる柵をそれぞれ取りつけていたのだが、腰から下が二つのサイドレールの隙間に挟まるような形でずり落ちている。上半身はかろうじて布団の上。手で敷布団をつかみ、落ちた下半身をベッドに戻すために両足で踏ん張ろうとしているようだが、足に全く力が入っていない。

息子を左腕に抱えたまま、右手で父のズボンを引っつかんだ。

「何で落ちたん!?」

「寝返り打とうとしたら、そのまま落ちたんや……」

絶対違う。寝返りを打っただけでは下半身がベッドの外に出ることはない。水を飲むためか、トイレに行くためにベッドから降りようとして落ちたのだ。

ズボンをつかんでお尻を持ち上げ、必死で父をベッドに戻そうとした。

「お父さん、ベッドの柵を持って」

「こっちの手でここをつかんで」

足で体を支えるのが難しいなら上半身の力で体を持ち上げてもらおうと、ここを持って、こっちをつかんでとつかみやすそうな場所を教えたのだが、全く言うことを聞いてくれない。私の指示を聞かずに、自分で何とかしようとしているみたいだが、出来ない。

これではだめだ。一階に戻り息子をベビーベッドに寝かせる。

「ごめんね」

一人にされた息子は激しく泣き出したが、そのまま二階に行って再び父のお尻を持ち上げる。

「お父さん、柵を持って」

持ち替えさせようと手をつかんだが、敷布団を持ったまま離そうとしない。

「何で言うこと聞かへんのよ!!」

「そんなん言われたって、出来へんわ」

食事をほとんどとらずガリガリに痩せてしまっているのに、お尻を持ち上げようとしても鉛のように重く、力の入らないはずの手も、私がどんなに引っ張ってサイドレールに持ち替えさせようとしても、敷布団を強くつかんだまま離さなかった。父自身も、もう思うように手や足を動かせないのか。

息子が泣いている。父に対して猛烈に腹が立った。何で言うこと聞かへんねん。あれほどベッドから降りるなと言ったのに。途中でおっぱいを引き剥がして急いで来たのに。夕方転んだときだって、うんちのおむつを放って父を助けに来たのだ。父のせいで息子が犠牲になっている。そして、資格を持っていても、自分の親一人助けられない自分自身にもどうしようもなく腹が立った。

サイドレールの隙間に挟まっていたおかげで父はベッドから完全に落ちずに済んでいたが、敢えてそれを外した。そうして父の上半身を抱えて畳の上に引きずり下ろした。父は力なく畳の上に転がり、動かない。サイドレールの差し込み口に食い込むようにして引っかかっていた皮膚に小さな傷が出来て、血がにじんでいる。

「もう知らん！　もう知らんわ!!」

吐き捨てるように父に怒鳴り、居間を出た。息子がベビーベッドの上で手足をバタバタさせながら泣いている。

「ごめんね。一人にしてごめんね。おじいちゃんがベッドから落ちちゃったんだよ。びっくりしたね」

抱き上げておっぱいの続きをし、ミルクを足した。落ち着いたところで息子を寝かせ、再び父の様子を見に行く。ベッドから引きずり下ろしてからすでに三〇分近く経っているのに、身動き一つせずうつぶせのまま寝転がっていた。

「仰向けになったら？」

声をかけるが、自分で寝返りを打つことが出来ない。手を貸そうとしても出来ない。思いきり力を入れて無理矢理仰向けにさせた。

「今日はもう床で寝て。またベッドから落ちたらあかんから」

毛布をかけ、ティッシュや携帯電話、飲み物を頭のそばに置き、居間を出ようとしたそのとき。

「電気どうしようかなあ。ついてたら寝られへんねん……」

これだけ迷惑をかけておいて、呑気な父の声。呆れ果てて言葉も出なかった。無言で電気を消し、真っ暗にして襖《ふすま》を閉めた。

そのまま父は眠れたのか、朝まで何も起こらなかった。息子は二十四時半に眠りにつき、私も荷造りを終わらせて布団に入った。四時半に授乳のために起き、父の様子を見に行く。七時半に再度授乳。八時に再び父のところに行くと、畳の上で毛布にくるまっていた。

「何か食べる？」

「みかんジュース……食べるわ……」

ジュースを食べるって……。何も言わずにジュースにストローをさして渡す。息子は授乳が終わった後また眠っていた。私も朝食をとる。

「一人で着替えられる？」

「今日……ショートステイの日やったかなあ……」

「そうやで。一〇時半に迎えに来てもらうから、着替えて準備してや」

服や替えのリハビリパンツを渡す。私も準備のため、一階や二階を行ったり来たりしながら時々父が着替えているのを覗く。が、三〇分以上経っても、上着に袖を通すことすら出来ていない。片手を畳につき、ベッド脇にもたれて何とか上半身を起こしながらもたもたと着替えようとしている姿は、廃人のようだった。見かねて手伝う。リハビリパンツも替えさせた。パッドを買ってきてもらって本当によかったと思うくらい尿でボトボトだ。これが病気の人の尿なのか、と驚くような茶褐色で、匂いもきつかった。

九時半の授乳が終わった頃に、老人ホームの生活相談員さんから電話がかかってきた。

「今からお迎えに行きますが、お父様の様子はどうですか？ 変わりないですか？」

「それが、昨日の夕方二回転んだんです。夜にはベッドからも落ちて、もう自力では立てなくて……」

「わかりました、とりあえず迎えに行くので待っていてください」

電話を切り、居間を覗くと、父はベッドで横になっている。目が点になった。どうやって自力で上ったんだ……？

間もなくして老人ホームの車がやって来た。生活相談員さんと、老人ホーム専属のケアマネジャーさん、そしてもう一人介助の方が来てくれた。

「昨日あんな状態だったので、階段を下りられるかどうか……」

私が話すと三人で居間へ行ってくれ、前と後ろから支えられながら父はゆっくりと階段を下りる。それでも膝はガクガクと震え、やっとのことで玄関まで辿り着いたという感じだった。

外は昨夜からの雨が続いていた。一人の職員さんが父が濡れないように傘を差してくれ、あとの二人が父の体を支えて車まで歩く。私は息子を抱っこしながらその様子を見守った。歩くのも必死で、父は職員さん達に押し込まれるようにして車に乗せられた。生活相談員さんは私の方へ振り返り「大丈夫だと思います」と笑ってくれたが、私を安心させるためにそう言ってくれたのだということはわかりきっている。

降りしきる雨の中、車は老人ホームへと出発した。

「おじいちゃんいってらっしゃい。がんばってね。って」

そう息子に話しかけながら、目に涙が浮かんでくる。父に直接そう声をかける間もなかった。数人がかりでも支えきれずまるで拉致されるかのように車に押し込まれた父を見て、何とも言えない気持ちになった。

このショートステイがいい方向に向かってくれればいいけれど……。

私達も出かけなければならない。息子と私の一泊分の荷物をまとめて、家を出た。

十六　入居の決断

お昼前、産後ケアセンターに到着する。着いてすぐに息子は体温や身長・体重を測ってもらい、ベビー室の助産師さん達に預かられた。

産後ケアセンターは、何らかのケアが必要な産後四ヶ月未満の母親とその子どもが、デイサービスやショートステイなどのサービスを利用することが出来る施設だ。私には当てはまらないと思い込んでいたが、実の両親の助けを得られないどころか父のお世話がある。母乳の出もよくない。実際は、私のような母親にこそ必要なサービスなのだった。

食堂で、他のお母さん達とおしゃべりをしながらごはんを食べる。みんな母乳のことで悩んでいたり、家に帰ってもサポートしてくれる人がいないので、退院後すぐにセンターに来たという人もいた。初めて会う人達ばかりでも話がはずんだ。

保育士さんがお風呂の入れ方をレクチャーしてくれたり、助産師さんの母乳指導、母乳マッサージ、おいしい食事と至れり尽くせりの一泊二日だった。

「お子さんはこちらで見ておくのでゆっくり休んでね」

そう言ってもらってても、ドタバタの三ヶ月間を過ごしてきたので、いざ一人になってもどうすればいいかわからない。常に寝不足で眠いのに、ベッドに横になっても眠れなかった。そういえば、今日で息子は生後三ヶ月になったんだった。

息子は昼の間ベビー室でぐっすり寝てしまい、さすがにそろそろ授乳しなくてはと助産師さんが起こして連れてきてくれるほどだった。夜は同じ部屋で過ごしたが、寝つくまでは今まで見たことがないくらいご機嫌だった。あーあーと声を出し、ベビーベッドの上で手足を動かしながらニコニコと笑って、隣の部屋の親子が起きてしまうんじゃないかと思うくらいはしゃいでいる。何でこんなに機嫌がいいんだろうと考えて、息子に対してとても申し訳ない気持ちになった。あの家で過ごしていることがストレスになっていたとしか考えられない。末期がんのおじいちゃんが二階で寝ていて、知らない人達が絶え間なく出入りしたり、お父さんとお母さんが常にバタバタ走り回っているあの家が。

今までごめんね。無理をさせていたんだね。本当にごめん。おじいちゃんはしばらくショートステイに行っていて、君はお母さんと明日から奈良のお家にお世話になるから、楽しく過ごそうね。

息子が寝た後に私も眠った。が、夜中に授乳で起きたら目が冴えてしまい、せっかく息子のお世話以外何も気にしなくていいところに来ているのに、またしても寝不足のまま朝を迎えてしまった。

帰宅すると、今度は義実家へ行く準備をして、義両親に迎えに来てもらった。こちらでも上げ膳据え膳、至れり尽くせりで、息子は義父と義母が代わる代わる抱っこしてくれるので、ゆっくりくつろぐことが出来た。里帰り出産の人達はこんな環境にいたのだなあと思うとうらやましくなった。お風呂も交代で毎日入れてくれた。義実家は環境が整っており、夜にお風呂に入れても、上がった後で体が冷えることを考えなくてもよかった。私達の家の浴室はとても寒く、昼間のうちにお風呂に入れていたが、それをしなくてもいい。何て気が楽なんだ。その上、義父にお風呂に入れてもらった息子は、授乳をしたらそのままコテンと寝てしまった。とても驚いた。家では二十四時を過ぎても寝なかったのに、二十一時半に寝てしまうなんて。

赤ん坊にとって快適な環境を用意するのは、とても重要なことなのかも知れない。よかった。父を預けて義実家に来て、本当によかった。

その父は、ショートステイ二日目は少し元気になり、食堂でそばを食べられたと連絡があった。訪問看護ステーションのケアマネジャーさんが様子を見に行き、電話で教えてくれたのだった。夜はナースコールを押して、職員さんに支えてもらいながら居室のトイレで用を足しているらしい。ちゃんとナースコールを押しているんだとホッとする。

今後、父をどのようにしてサポートしていくか。正直、今の足腰の状態では、ショートステイを終えて家に帰ってこられるとはとても思えなかった。月の初めにケアマネジャーさんに話した「家で面倒を見るのは限界」の「歩けなくなったとき」に当てはまっているのだから。

「一度、お父さまの様子を見に来てあげてください。老人ホームとしては、ショートステイの期間を延長することも、このまま入居に切り替えることも可能です。でも、今すぐに決めるのではなく、感情的にならずに、まずはご本人の様子を見て、冷静に判断してください」

数分間の電話で「感情的にならないで。冷静に」とケアマネジャーさんは何度も言っていた。その意味を考える。それは、家で暮らしていくのは難しいけど施設に入れるのはかわいそうだから、無理してでも家に連れて帰ること？　それとも、今でもまだ家で暮らせる状態だけど、私達にとっては邪魔な存在だからと施設に入れること？

ケアマネジャーさんの言葉を何度も反芻するが、答えは出ない。

二日後、父の様子を見に行くことにした。


息子を義母に預け、電車で老人ホームへ行く。まずは父の居室を訪ねた。

この日はたまたま下痢をしていたらしく、しんどいとベッドに横たわっている。昼食も食べていないそうで、歩く姿も見ることは出来なかった。お風呂に入りませんかと職員さんが誘いに来てくれたが、それも拒否。後で聞くと、職員を変えて何度か誘ってみているが、入ってくれないとのことだった。

「お尻から血が出るねん。だから、軟膏を塗ってもらったんや」

「何で血が出てるの？　下痢して切れたの？」

「切れて痛いのもあるけど……。内臓からの出血やな」

胃がんの影響で下血することもあるだろうが、症状を聞いている限りではそういう出血ではなさそうだ。

他にも「廊下がうるさい」「ドアを開けるとき、三回もノックするねん(マナーとして三回のノックは正しいのだが)」「今日は寒いんやろ？」など、正しいような間違っているようなことをぽつりぽつりと話す。

「体調を整えて、来週、家には帰れそう？」

「帰りたいけどなあ、帰りたいけど……」

自分の体調が未だかつてよくないことは本人もわかっているらしい。

ショートステイ自体は二十二日までの予定なので、それまでにしっかり体調を整えて、歩けるように、食べられるようにしていかないとねと伝え、居室を出る。

そのショートステイをどうするか相談するため、その足で生活相談員さんの部屋を訪ねる。今の父の体調などを確認した上で「どう思いますか？」と、単刀直入に聞いてみた。

生活相談員さんは、自分自身の体験を話してくれた。幼い頃、家に介護が必要なおばあちゃんがいたそうだ。体の自由がきかないおばあちゃん。家の中にはいつも独特のにおいが充満していた。高齢で体が不自由だと、着替えや入浴も思うように出来ないのだ。おばあちゃんがいると思うと友達にも遊びに来てもらいにくい。介護そのものに関して特段問題を抱えていたわけではなかったが、生活相談員さんのご両親は、考えた末におばあちゃんを施設へ入れた。すると家の中の雰囲気が明るくなり、とても楽になったのだという。ご家族は知らず知らずのうちに、介護のストレスを抱えて生活していたのだった。

その体験談を交えた上で、無理しなくていい、施設に預けることは悪いことではないと言ってくれた。私も正直に話した。

「家にいることだけが父の幸せとは限らないし、私達もこれ以上自分達の生活を曲げて父に合わせることはしたくないんです」

このまま入居させる方向で話を進めてもらうことにした。途中で訪問看護ステーションのケアマネジャーさんも来て、私の決断を「いいと思います」と言ってくれた。

ケアマネジャーさんは、今の父の状態は、認定を受けた「要介護一」とはかけ離れていると言った。

「要介護三か四の状態です」

その言葉に少なからず衝撃を受けた。確かに、転んだりベッドから落ちたりもあったし、今はもうほぼ寝たきりで過ごしているもんな……。

問題はやはり、入居してもらうことを父本人にどう説明するかだった。今の体調ではもう家には帰れないからずっとここに住んでね、なんて言ったら「お家大好き」の父はショックを受けて、それこそ早く死んでしまいそうだ。生活相談員さんとケアマネジャーさんと相談して、体調がよくなるまでここにいて、歩く練習をがんばってみたら？と伝えてみることにした。ショートステイ終了予定日の前日、二十一日に、私から父に説明することに決めた。

入居が決まったら決まったで、やらなければならない手続きが沢山あった。まずは入居に必要な沢山の書類に目を通してサインすること。往診に来てくれていた内科の先生に入居が決まったと連絡すること。老人ホームと同じ系列の病院の先生が父を診に来てくれることになるので、往診してくれていた先生に診療情報提供書を作ってもらうこと。レンタルしている介護用ベッドやトイレの手すり、車椅子を返却すること。一時帰宅が出来そうなときは、老人ホームの寝台車で送り迎えしてもらい、家の中では元々使っていたベッドで寝てもらうことにした。入居が長引いたときのために、小さなタンスとベッド脇のテーブル以外は何もない居室に、家で使っていた家具などを運び入れることも考えなければならない。

「感情的にならないで。冷静に」とは、無理して家で面倒を見ないで施設に預けるのも一つの手段だよ、ということだったのか。冷たい娘かも知れないが、もう家で面倒を見なくてもいいと思うととても気が楽になった。だが、家で過ごしたいと思っている父を、本人の承諾なしに施設に入れることを決めてしまったのだ。仕方ないとはいえ、もやもやした気持ちが消えることはない。

義実家に戻り、翌日から少しの間は穏やかな時間を過ごした。

息子が昼寝している間に、よだれかけを縫う。義母も一緒に作ってくれた。息子を抱っこ紐に入れて義父と散歩に出かける。大きな公園を通りがかると、カモやカメが池で泳いでいる。少し足を伸ばすと電車の発着場もあった。道路は広くてのびのび歩ける。私の家の周辺道路は狭く、なのに車通りが多いので危なっかしい。それに比べて。流れている時間が大阪とは全然違う。

別の日には義父とスーパーマーケットへ買い物に行った。大きなパックのいかなごを買う。義母が作ってくれるいかなごの釘煮は絶品なのだ。滞在中はいくつかの店に連れて行ってもらい、夜食用のおやつやらベビーグッズやら、色んなものを買ってもらった。

息子は抱っこ紐の中で気持ちよさそうに眠っている。道々に咲いている花の名前を教えてもらいながら義実家へ戻る。いかなごは早速義母が釘煮にしてくれた。

十七　「がん友」の死

三月十九日。

携帯電話に留守番メッセージが入っている。離れたところに置いていて気がつかなかった。再生してみると、Tさんの奥さんからだった。

抗がん剤をやめることになったと聞いて以来、会いに行きたいと思いながらも身動きが取れていなかった。何かあったのだろうか。嫌な予感がしつつもかけ直す。

「主人が危篤になってしまってね。荒井さんどうしてるかなと気になっているみたいだから、もし診察でY病院に来ることがあったら、主人のいる病室に顔を見せに来てもらえないかと思って」

Tさんが入院している。それも危篤。奥さんは気丈な口ぶりで、私も「わかりました、今度お見舞いに行きます」と言って電話を切ったが、危篤なのだから、いつどうなるかわからない。すぐにY病院へ駆けつけることにした。義父が車を出してくれた。

義実家からY病院までは一時間近くかかる。義父には申し訳なかったが、どうしても息子を連れて行きたかったので、助かった。息子が生まれることをとても喜んでくれていたのだ。Tさんにはお孫さんもいるのだから余計なお世話かも知れないが、息子に会ってほしい。

エントランスでTさんの部屋番号を教えてもらい、病棟へ向かう。義父には談話スペースで待っていてもらうことにし、息子と私だけで病室の前まで行った。ドアをノックしたが返事はない。少し開けてみるとTさんらしき男性がベッドに寝ている。どうしよう。入ってもいいのかな。

と、息子が泣き出してしまった。広い廊下に泣き声が響く。慌てて端の方へ行きあやしていると、向こうの方からTさんの奥さんが歩いてきた。

「荒井さん？」

「はい、そうです」

「来てくれたんやね。ありがとう。入って入って」

そっと病室に入る。Tさんは目を閉じ、静かに寝息を立てていた。鼻に酸素のチューブが入れられ、ベッド脇には持続点滴の薬剤が置かれている。おそらくモルヒネだ。痛みがあるのか……。

「パパ、荒井さんの娘さんが来てくれたわよ」

奥さんがTさんを起こしてくれた。んん?とTさんが起きるが、目は開けられないようだ。抗がん剤で抜けたと言っていた髪が沢山生えてきている。髭も。「せっかく生えてきたから、もう剃らないいんだって」と、奥さんが教えてくれる。顔は少しむくんでいるように見えた。

息子がまた泣き出した。お腹が空いて機嫌が悪いのだ。途中でうんちをしたら困るので、出る前に母乳だけあげて、ミルクを足さなかった。Tさんの奥さんが抱っこして廊下へ連れて行ってくれたが、廊下でも泣いている。今まではお腹が空いても外でこんなに泣くことはなかったのに。やっぱりミルクをあげてから来るべきだったか。

Tさんは私に一生懸命話をしてくれた。以前電話で話してから自宅療養をしていたこと、Y病院に薬をもらいに来ていたこと、体調が悪くなり今回の入院に至ったこと。おそらくそれらを順を追って説明してくれているのだが、モルヒネのせいか上手くしゃべれない。はい、はい、と私は相槌を打っていたが、ほとんど聞き取ることが出来なかった。

奥さんが病室に戻ってきた。

「荒井さんのお父さんも抗がん剤をやめて、今老人ホームにいるんですって」

ええ、とTさんが聞き返す。私が続ける。

「そうなんです。しばらく家にいたんですけど、歩けなくなってしまって」

Tさんは眉間に皺を寄せ、とても悲しそうな表情をした。しまった、余計な心配をさせてしまった。

奥さんがあやしてくれても、息子はやはり泣き止まない。

「どうしたのかな」

「お腹が空いてるんです」

ああ、怒ってるわ……。私がつぶやくと、Tさんが奥さんに向かって口を開いた。

「おい、お前、聞いたか。今の言葉」

また何か余計なことを言ってしまっただろうか。

「怒ってる、って言うたやろ。赤ちゃんのことをちゃんとわかってるんや。お母さんになってきてるってことや」

「『めばえ』見たわよ。赤ちゃん、すごくいい名前ね。」

Tさんも、Tさんの奥さんも、何て素敵な方なのだろうと思った。こんな状況でも、父や私、息子のことを気遣ってくれるのだ。

五分ほど滞在しただろうか。長居してTさんを疲れさせてはいけないので、おいとまることにする。

「Tさん、息子と握手してやってください」

Tさんは目を閉じたまま手を伸ばす。その大きな手に、息子の小さな手をそっと触れさせた。おお、と言って口元をほころばせるTさん。私も握手させてもらった。重くならないように、ありがとうございましたと明るく言って病室を出る。

奥さんが私達を見送ると言って一緒に出てきてくれた。

「あと一週間って言われてるのよ」

危篤とはそういうことなのだが、そんな風には全く見えなかった。意識もしっかりしているし、もっと長く生きられそうなのに……。

だが、Tさん本人も、Tさんの奥さんも、以前電話で抗がん剤をやめたことを教えてくれたときのように、今置かれた状況を受け入れ、覚悟を決めているように見えた。

「私達家族はみんな明るいのよ」

奥さんが言う。談話スペースでは息子さんのお嫁さんとお孫さん達が集まっていたが、危篤のおじいちゃんのお見舞いに来たとは思えない様子でみんなにこにこと笑みを絶やさない。死を辛いものにするのではなく、笑って明るく送り出してあげようと思っているのが伝わってくる。

「今日は来てくれて本当にありがとう」

「こちらこそありがとうございます。私の父はいつもTさんに励まされていました」

「私達も、パパの明るいところ、家族思いなところが大好きでね。本当に、いい人でした」

「お義母さん、まだ生きてますよ」

「あらやだ、私ったら」

コントみたいなやり取りにこちらも笑わせてもらい、帰路に着く。息子は車の中で眠ってしまったが、相当お腹が空いているはずだ。義実家に戻ると急いで授乳する。案の定、ミルクを飲ませた後にうんちをした。

私の父は、今の自分の体調がどれくらい悪いのか、自分がいつまで生きられるか、私達に尋ねてきたことはないし、自分自身でも理解していない。でもTさんは、死期が目前に迫ってきていることをちゃんと理解して、受け入れている。どんな気持ちなのだろう。Tさんに思いを馳せる。

二日後の二十一日は、父を老人ホーム入居の説得に行く予定だった。いつもより早めに起きて支度をし、義母に息子を託して家を出る。駅まで歩きながら携帯電話を開くと、留守番メッセージが入っていた。Tさんの奥さんからだ。

「先日は来てくれてありがとう。今朝、パパが亡くなりました」

　老人ホームに着き、まずは看護主任から父の状態について話を聞いた。食事は半分ちょっとは食べられているそうだ。前に面会に来たときは、下痢でしんどいと言って食事をとっていなかったが、今は体調は落ち着いているようだ。

　居室を訪ねると、父は前と同じようにベッドに横になっていた。

「明日家に帰る日やけど、どう？　帰って、今まで通り一人で色々出来そう？」

「……ちょっと無理やなあ」

　無理やなあと言わせるために「一人で」と、わざと突き放すような言い方をした。自分でも何て酷なことを言っているんだろうと思った。

「そうやなあ。今の体調ではちょっと難しいな。せっかく帰ってきても、また転んで怪我したりしたらあかんしな。

　しばらくここでお世話になった方がいいと思うよ。ここにはリハビリの先生がいてるから、もう少し体調がよくなったら歩く練習させてもらって、大丈夫やと思えるようになってから帰ってきた方がいいと思うわ」

　父もうなずいた。

「ここにいても、一時的に家に帰ってくることは出来るから。でもお父さん、帰ってきても二階まで階段上るのはしんどいやろ？　だから、私達の部屋を二階に移させてもらって、一階の和室はお父さんが帰ってきたときのための部屋にしようと思うねん。ベッドも置いて。トイレも洗面所もすぐそばにあるし。だから、家の中ちょっと片づけなあかんから、お父さんが今着てない服とか、昔使ってたスーツとか、ちょっと処分させてもらってもいい？　今後必要になったときは、また新しいの買えばいいからさ。何より、痩せてしまったから、家にあるやつはサイズが合わへんわ」

父は黙ってうなずいていたが、沢山ある父の服やスーツを処分するのは、本当は父の荷物を整理して私達の住環境をよくするためだ。ひどい娘だ。

「食事は？」

「少しは食べてる」

「看護師さんから六割程度は食べられてるって聞いたよ」

モジモジとする父。

「毎日おやつ持って来てくれるねん。嫌いなものを持ってきたときは食べない。昨日は、ハンバーグ……何やったかな、出てけえへんわ」

「もう、日記も書かんようになってしもうた」

今日も色々と話をしてくれる。

お父さん、今朝、Tさんが亡くなったそうだよ、とはとても言えなかった。

「Tさん、入院してはるよ。こないだお見舞い行ってきてん」

「そうか」

「うん。Tさん、しんどそうやったよ」

「がんが、悪くなってるんかなあ」

「そうかも知れへんね」

「わしより元気そうに見えたけどな……」


帰りに、老人ホーム専属のケアマネジャーさんと話す。自分でも今の状態では家に帰れないことはわかっているようですよ、とのことだった。

「適度な距離を置いて、家族さんがイライラしないことが一番ですよ」

本当にその通りだ。離れたおかげで、落ち着いて父と話すことが出来るようになった。

老人ホームでの滞在延長も何も言わずに受け入れてくれたので、少しホッとして義実家に戻る。

翌日はTさんのお通夜だった。今回は息子は置いて一人で行くことにした。気さくな人柄だったし、病に倒れる直前まで働いていたと聞いていたので、お通夜には沢山の弔問客がいるだろうと思っていたが、いざ着いてみると、親族や親しい間柄の人だけが来ているような感じだった。もちろん知っている人もおらず、入院中に知り合って少し仲良くしていただけの父の娘がのこのこお邪魔してよかったのかなと心配になってくる。

祭壇を見る。遺影のTさんはマフラーを巻き、左斜め四十五度から撮影されていて、まるで映画俳優のような佇まいだ。あのマフラー、入院中もずっとしていたな……。涙が出てきて、ハンカチで拭う。

滞りなく式が終わり、棺の蓋が開けられた。顔を拝ませてもらうため、列に並ぶ。

信じられなかった。お見舞いに行ってから二日で亡くなってしまった。私は帰り際、Tさんに「がんばってね」と言ってしまった。もう十分がんばってきた人に対して何でそんなことを言ってしまったんだと帰ってからとても後悔していた。でも、Tさんは生きていてくれる気がしていたのだ。吐血するほどの「手術不能・進行胃がん」から奇跡の復活を遂げ、毎日スポーツジムに通って体を鍛え、家族のために料理に腕を振るっていたTさん。私の父がだめでも、Tさんだけは大丈夫、がんはTさんの体から逃げていって、きっと元気になるに違いないと思っていた。あんなにがんばっていたのに。どうして。次から次へと涙が溢れてくる。

もうじき私の番だ。前に並んでいた女性が、一人で来ている私のことを気遣ってくれたのか、一緒に行きましょうかと振り返って声をかけてくれる。うなずいて、棺の前に行こうとしたそのとき、後ろからTさんの娘さんが走ってきて、私に声をかけてくれたその女性の腕をつかんだ。娘さんの友達だったのか。そのまま二人で棺の傍らへ駆け寄った。

「ほら、見て。かっこいいやろ？　めっちゃかっこいいやろ？　髪も眉毛も睫毛もなかったのに、この日のために全部生やしたんやで。かっこいいやろ……」

その後は言葉にならず、娘さんも娘さんの友人も、後ろに控えている私も涙が止まらなかった。続いて、私も棺の中のTさんを覗き込む。本当だ。かっこいい。何てかっこいい人なんだろう。

「あーよく寝た」と今にも起き出しそうなくらい安らかな顔で眠っているTさんに「お疲れ様でした。ありがとうございました」と小さな声で必死に話しかけた。壮絶な闘病生活、絶対に治ると信じて闘っていたのに、がんに打ち勝つことが出来ずこの世を去ることになってしまったのはどんなにか無念だろう。

家族が大好きで、同じくらい家族に愛されているTさん。どうか、ゆっくり休んで、天国で大好きなマグロを沢山食べてください。

でも何だか、Y病院の通院治療センターに行けば、またTさんに会えるんじゃないかという気がしていた。帰りに奥さんともそう話す。あの部屋で、また抗がん剤の点滴をしているんじゃないか、と。そして、最後まで気丈に自分の死を見つめ続けたTさんが、今度は「荒井さん、先に行って待ってるよ」と、死を受け入れられずめそめそしている父を元気づけるために、にっこり笑いながら手を振ってくれている気がしていた。

十八　面談、面談

「もしかして、首、すわってきたんちゃう？」

三月二十五日、朝。息子を抱っこしながら夫が言った。夫が帰阪するのに合わせて、息子と私も二十三日に義実家から戻ってきたのだった。

確かに、手で支えなくても安定していて、自分自身の力で少し頭を動かすことも出来るようだ。もう少ししっかりすれば完全に首がすわったと言えるだろう。あと一息という感じだ。

今まで泣くか飲むかしか出来なかった赤ん坊が、私達の顔を見て笑うようになり、体もほんの少しだけど人間に近づいてきた。お世話で眠れない日々は続いているし大変だが、この子の成長が夫と私を癒してくれている。

ひとしきり喜んだ後、息子を連れて父の老人ホームへ行く。昨日一晩でかなりぐったりし、食事も水分も摂れなくなっていると看護主任から連絡があったのだった。

老人ホームに着くとまず先に面談室に通され、看護主任と老人ホーム専属のケアマネジャーさんと面談することになった。最期を迎える場所や急変時の対応について再度話し合う。いよいよというときはY病院へ搬送してほしいと最初はお願いしていたが、この老人ホームには二十四時間看護師さんが常駐していて、看取りも可能であるとのこと。

「往診もありますが、処置や点滴など、ここで出来ることは限られています。病院なら心電図モニターで二十四時間監視することが出来ますが、老人ホームだとそれが出来ません」

それでもいい。出来るだけ家にいるのに近い、自然な形で最期を迎えられるようにしてあげたい。職員による巡回は基本的に二時間おきなので、居室を訪問した際にすでに呼吸が止まっているかも知れないこと、夜間に亡くなったときは、往診担当の医師が朝に出勤してからの死亡確認になる場合があることも了承した。

前述したように食事や水分が摂れず、また尿量も減ってきているため、往診の先生から五日間の点滴の指示があったそうだ。死期が近づいている末期がん患者に水分補給のための点滴をすると、腹水や胸水が更に溜まってむくみもひどくなり、かえって苦しい思いをするとクリニックに勤めていた頃に教わったことがあるが、看護主任によると、体を楽にし、少しでも食事や水分を口から摂取出来るようにするための点滴なので、ブクブクにむくんだりするようなものではないとのことだった。父が拒否すれば行わない、とも。

「父が拒否して、点滴をしなかった場合はどうなりますか？」

「しなかった場合は……死は間近だと思います」

本人は今のところ、一時間くらいで終わる点滴ならしてもいいと言っているそうだ。その点滴の内容や、メリット・デメリットはきっと理解していないだろう。たとえ数日の差でも、自分の寿命に関わるかも知れない点滴なのに。

面談を終えた後、看護主任と二人で父の居室を訪ねる。なるほど、痩せていた父の顔は頬がさらにくぼみ、尿が出ていないせいか手はパンパンにむくんでいる。トイレは自分でしたいと言い、職員さんに介助してもらいながら車椅子でトイレまで移動しているとのことだった。尿意はあるのか。明日からベッド脇にポータブルトイレを設置してくれるそうだ。

「荒井さん、今日点滴をしましょうか？」

「お父さん、点滴したら体ちょっと楽になるねんて。一時間くらいで終わるらしいよ」

「一時間？　三〇分と違うの？」

父は露骨に顔をしかめた。

「一時間くらいなら大丈夫って、お父さんが言ってたんじゃないの？」

「聞いてない……」

「しんどかったら明日からはやめておけばいいから、とりあえず今日はしてもらったら？」

帰る際、老人ホーム専属のケアマネジャーさんと少し話をする。

「父は、そんなに危ない状況なんでしょうか？　そんなにすぐ死んでしまうんですか？」

朝の看護主任からの電話、最期をどう迎えるかを確認する面談。ぐったりとベッドに寝ている父。その時が近づいているということはよくわかってはいたが、不安になり、思わずケアマネジャーさんに尋ねた。

「先生や看護師さんは最悪の場合を想定して話すから……」

ケアマネジャーさんは優しく微笑みながらそう答えた。

「でも、ここへ入所してから全くお風呂に入っていないから。もし本人さんが希望すれば、多少衰弱してでも入浴させてあげたいと思っています」

確かに、一度でいいからお風呂に入ってさっぱりさせてあげたい。でも今のところ一切拒否しているようだ。

「入ってしまえば『気持ちよかった』って言うはずなんですけど、めんどくさがりな人なので。すみません。お風呂に入れなくても、体を拭いてあげてもらえると助かります」

老人ホームを出たのは十三時半頃だっただろうか。その足で電車に乗り、友人の家へ行き、二時間だけ息子の面倒を見てもらった。パート先の薬局で、復帰についての相談をするためだった。シフトの兼ね合いもあり、四月十一日からに決まった。

父ががんを患っていることは薬局長も知っているが、今どういう状態かは話さなかった。これから週何日勤務するかなど具体的なことを話し合いながら、果たして私は本当に復帰出来るのか、父は、私はこれからどうなってしまうのか、不安が頭の中にぐるぐると渦巻いていた。

翌日、再び老人ホームを訪れる。看護主任によると、昨日点滴をした後少し活気が戻り、今朝も食事が出来たとのことだった。水分と吐き気止めだけで元気になれるものなのかと少し驚いた。口から食べられているならわざわざ点滴をする必要はないので、今日はやらなくていいかも知れないそうだ。

父の理解度が気になり、看護主任にお願いする。

「本人はうんうんうなずいて『わかりました』と言っていても、ちゃんとは理解してないことが多いんです。今日と同じ点滴ならかまいませんが、新しい処置や点滴を始める場合は、本人がやると言っても一度私の方へも連絡してほしいです」

父の意志を尊重するのが一番なのだが、理解していないまま「やる」と言ってしまうのはよくないと思った。その逆も然り。やった方がいいことを「やらない」と言ってしまっている場合は、私からより噛み砕いて説得してみることも出来る。

話を終え、父の居室へ。ドアを開けると、母方の親戚が面会に来てくれていた。帰ろうとしたところを、私が着くまで待っていてほしいと父が引き止めていたそうだ。どうしてだろう。寂しかったのだろうか。

それなのに、私と息子(抱っこ紐の中で眠っている)と三人だけになると父はほとんどしゃべらず、五分ほどすると「休みたい」と言い出した。何じゃそりゃ。

「わがままでごめんね」

「いやいや、いいよ。また来るから」

近しい親戚には、父の状態を昨日報告していたのだった。父の姉にも連絡し、昨日のうちに会いに来てくれていたようだった。出来る限り元気なうちに会ってもらっておいた方がいい。

家に帰り息子に授乳をし、歩いて一〇分ほどの父の姉の家へ行き面会のお礼を言い、スーパーマーケットで食材を買い、父が使っていた二階の居間の書類棚などの整理をした。息つく暇もない。午前中も、老人ホームへ行く前に病児保育室の見学に行っていたのだ。

夫は東京出張から帰ってきてからも忙しくしていて、息子と私は再び産後ケアセンターを利用した。助産師さんから抱き方のコツなどを教えてもらい、お母さんがリラックスして母乳をあげることが大事なのよと言われる。リラックス出来る瞬間なんて、この三ヶ月間ほとんどなかったかも知れない。

前回宿泊したときは、私以外に五、六組の親子が利用していたが、今回は二組だけだった。一人のお母さんは、すでにご両親が他界していた。両親とも自宅で看取りをしたとのことで、少し話を聞かせてもらった。もう一人はポーランド人のお母さん！日本人のご主人も途中から来て、沐浴の仕方を教わっていた。ハーフの赤ちゃん、目がクリクリと丸くとてもかわいい。

「ショートステイが終わったら、夫のご両親のお家に行くんです。でも申し訳なくて……」

流暢な日本語で話すポーランド人のお母さん。私の率直な気持ちを伝える。

「お義父さんとお義母さんに沢山甘えていいと思いますよ」

部屋の前にベビー用の体重計が置いてあり、母乳をあげる前とあげた後の体重を測る。その体重から、どれくらいの量の母乳が出ているかを計算する。家で測るときは、大体四〇グラム、多くても七〇グラムくらいだった。この時期の赤ちゃんは一度に二〇〇グラムほどは飲まなければならないので、やはり全然足りていない。が、一晩ゆっくり過ごしたおかげか、朝測ってみると一〇〇グラム飲めていた。初めてだ。とても嬉しかった。

母乳の量が安定するのは大体産後三ヶ月頃までと言われている。それを過ぎると、沢山出そうとがんばっても増えないことが多いらしい。私は完全母乳にはならなかったが、それでも自分なりに精一杯努力したので、これからは自信を持って混合で息子を育てていこうと思えた。

仕事が一段落した夫が迎えに来てくれる前に、保育士さんに絵本の読み聞かせや手遊びなどを教えてもらった。とても明るくて優しい保育士さんで、前回の宿泊のときも他のお母さん達が絶賛していた。その保育士さんが私に言ってくれた。

「荒井ちゃん、聞いたよ。お家が大変なんだね。この時期、赤ちゃんを他の人に預けることはとても勇気のいることなんだよ。よくがんばってるね」

この三ヶ月、父のことがあるたびに何度も何度も夫や義母に預けざるを得なかった。二時間だけとはいえ友人にも預けた。だから、正直そんな風に考えたことすらなかった。でも、そうか、と腑に落ちた。子どものこと以外で走り回らなければならないお母さんは、少なくとも私の身近なところにはいなかった。出来ることなら私だって、ゆったりと子育ての時間を楽しみたい。でもそういうわけにはいかない。保育士さんの言葉が、私を力づけてくれた。

夫の車で帰宅し、家で授乳や自分達の食事を済ませるとすぐに老人ホームへ向かった。あとどれくらいお世話になるかわからないが、少しでも父が自宅に近い状態で快適に過ごせるようにと、家で使っていたテレビや布団を運び込む。

「お父さん、冷蔵庫もいる？　ゼリーとか冷やした方が食べやすいんちゃう？」

「そうやなあ」

「じゃあ、僕の事務所に使ってない小さな冷蔵庫があるから、それを持ってくるわ」

老人ホームの方に聞くと、結局点滴は二回ほど行い、今は食事もとれているとのことだった。それも六割も食べられていると。すごい回復具合だ。

運び込んだテレビの電源を入れ、少しの間一緒に見る。合間に息子に授乳したり、座りたいと言う父に手を貸してベッドに座らせてあげたりした。少し手を添えただけで、ほぼ自力で体を起こすことが出来た。その父の膝へ夫が息子を置き、抱かせてあげる。一〇秒ほどの間だけだったが、抱っこすることが出来た。

「おお、重たなったなあ」

感嘆の声を漏らす父。そしてまたすぐに横になった。

ベッド脇のテーブルには緑茶とコーヒーが、それぞれプラスチックのコップに入れて置かれている。

「コーヒー、飲みたい言うたら、持って来てくれたんや」

夫が東京土産のおまんじゅうを、食べられたら食べてねとコーヒーの横に置いた。

翌日は、往診担当の先生と、二人の看護主任、老人ホーム専属のケアマネジャーさんと再度面談をすることになっていた。主治医を交えて、もう一度看取りの確認をしたいとのことだった。暖かい日で、息子は抱っこ紐の中で汗をかいて眠っている。

点滴は、父本人が拒否したこともあり、もうしていないそうだ。今後、がんの疼痛が現れた場合のモルヒネ投与についてや、老人ホームで看取りをしてもらうことについて入念に確認した。

その流れで、父自身が予後について理解しているかどうかという話になった。

「理解していないです。そもそも、普段からうんうんうなずいていても本当はわかっていないことが多いです」

「それは、病気になる前からですか？」

「はい、若い頃からずっとです」

もう、伏せておく必要はないだろう。何よりも、周りの人達みんなで、穏やかに、ちゃんと最期を迎えさせてあげるべきだ。父がもしかしたら自閉スペクトラム症であるかも知れないということ、今まで二人の医師に相談し、どちらの先生からも「その可能性がある」と言われたことを正直に話した。

どんな反応をされるか怖かったが、先生は神妙な面持ちで私の話を聞いてくれた。隣に座っていた二人の看護主任とケアマネジャーさんもだ。話し終えると、先生は言ってくれた。

「わかりました。お父さんには、出来る限りわかりやすくゆっくり説明するようにしますね」

　真剣に聞いてもらえてよかった……。

　面談終了後、看護主任とケアマネジャーさんに、父を花見に連れて行きたいと思っていることを相談した。老人ホームと私達の家のちょうど間にある駅の前に「桜通り」と呼ばれる道があり、この時期になると道路の両脇に並んでいる桜が一斉に開花するのだ。かなりの見ごたえがあり、父は毎年散歩がてらその桜通りに花見に行っていた。行きつけの喫茶店にも近いので、せっかくなら少し立ち寄ってお茶でもさせてあげたかった。

「でも、今まで習慣でその喫茶店に行ってた人が、今の体調で行きたいと思うかなあ？」

　確かにそうだ。うーん、とみんなで悩んだが、四月に入って家族全員揃う日に、老人ホームの寝台車を出してもらうことにした。桜の花を見て、喫茶店のみんなの顔を見て、少しでも元気を出してくれたらいい。

　居室を覗くと、父は「しんどい」と横になっている。

「今日の診察はもう終わった？　先生来た？」

「いいや、まだ来てない」

それなら、先生が来るまで一緒に待つわ、と部屋にいることにする。しばらくすると職員さん二人が入浴を勧めに来てくれたが、父は断固拒否。職員さん達も困り顔だ。

「明日入るからいい」

頑なに断る父。

「じゃあ、特浴なら明日使えるから、明日入りましょうね。寝たまま入れるから」

入ればいいのに、気持ちいいよと私からも声をかけたが、何かが気に入らないらしく、そっぽを向いている。

そのまま一時間ほどぽつりぽつりとしゃべったりしながら居室にいたが、いくら待っても先生が来る気配がない。

「ちょっと聞いてくるわ」

廊下にいた職員さんに尋ねる。

「今日の診察はもう終わってますよ」

何で？　居室に戻り父に聞いてみる。

「ええ？　いつの間に来たんかなあ……」

そこまで覚えられなくなってしまったのか？　まあいいや、帰るわと居室を出る。父にはもちろん言わなかったが、先生とはさっき面談で話したし。

翌日は父のところへは行かず、家の掃除と家具の大移動に勤しんだ。レンタルしていた父の介護用ベッドやトイレの手すり、車椅子などは全て業者の方が引き取りに来てくれた。今まで父が寝ていた二階の居間にベビーベッドを移動させ、書類棚やタンスの引き出しに入っていた父の荷物で、使っている姿を見たことがないものは思い切って処分した。会社員時代の健康保険組合から配布される冊子が数年分取ってあった。そんなの、仮に元気になったとしてももう読まないだろう。

四畳半の部屋でせせこましく息子のお世話をしていたのが、一気に快適になった。短い廊下を挟んでトイレもキッチンもすぐそばにある。窓からちゃんと日の光が入る。一階の窓のすぐそばにはブロック塀があって、昼間でも薄暗かったのだった。息子も機嫌よく、あぶー、うぶーなどとよく声を出している。

その次の日は夫の友人が、娘さんを連れて遊びに来てくれた。小学生の娘さんが息子を抱っこしたりしてよく遊んでくれた。久しぶりに家に来てくれたお客さんを、綺麗に掃除した広い部屋に招くことが出来てよかった。

二日空いてしまったので、次の日は父のところに行くつもりだったのだが、あいにくの雨。けっこう強く降っていて、息子を抱っこして外を歩くにはちょっと気が引けた。老人ホームに電話をかけ、父の様子を聞かせてもらう。体調そのものに特に変化はないが、食事量がまた減ってしまっているようだった。食べられるときは二割ほど、食べられないときもあるようだ。水分は日に二、三〇〇ｃｃほどで、点滴をしたとのこと。

「本人さんが『フルーツの方が食べやすい』と言っているので、栄養士さんと相談して、明日のお食事から出させていただく予定です」

私達から食べやすそうなものを差し入れすることも了承してもらった。また、週一回職員さんが買い物に行ってくれる日があるそうで、ほしい物があれば頼むことも出来るそうだ。

とりあえず変わりないとのことで、安心して電話を切った。明日は会いに行けるだろう。義父母も会いたいと言ってくれているし、食べやすそうなフルーツを買って明日みんなで会いに行こう。

息子が眠ってくれている間に、一階の部屋を綺麗に片づけた。これで、父が一時帰宅するときも対応してあげられるだろう。

十九　満開の桜の日に

四月二日、土曜日。

朝九時過ぎ、看護主任から電話が入った。

「昨日一晩でまた体調に変化がありました。今朝から息が苦しいと言っていて、酸素の機械をつけています。酸素量も一リットルでは血中酸素濃度が上がらず、一・五リットルに増やして、鼻のチューブではなくマスクで酸素を送るものにしています。トイレに行きたいという意思はあり、その度にポータブルトイレに座ってもらってはいますが、尿もほとんど出ていません。……もうそろそろだと思います」

とうとうその時期に入ってきたか。ひとまず午後から会いに行くつもりにしていること、その際に食べられるようだったらフルーツの差し入れもさせてほしいと伝えて電話を切る。いちごにしたら、と夫が言う。

息子に授乳をしながら夫と話を続ける。夫は夕方から仕事があり、次の日はイベントのチーフを引き受けているので、午前中は事務所で作業する予定で身支度をしているところだった。

「今何かあったら困るよね。あなた、今日も明日もいないもんね。明日の仕事が終わったらしばらく家にいるけど、週末はまた仕事で、その次はまた東京出張でしょ？　お義父さんとお義母さんも同じ頃旅行に行くって言ってたし、まだまだ生き延びてそこで死なれたら、私、この子を抱えながら一人でお葬式の準備せなあかんやん。パートの復帰とも思いっきり重なるし。そうなったらさすがに困るわ。最期くらいちょっと空気読んでくれへんかなあお父さん。まあ、今までもしんどいしんどい言いながらしぶとく生きてきたから、そんなすぐには死なへんと思うけど」

文字にすると何て残酷な口ぶりだろうと思われるかも知れないが、今まで色んなものを見てきた者なりの軽口というか、ブラックジョークというか、のつもりだった。家族のことを、家族に対してだから言えることだった。夫もひどいなあという表情で私を見ながら苦笑している。

「じゃあ、事務所行ってくるわ」

夫が部屋を出たところで、再び携帯電話が鳴った。

「先ほど意識がなくなりました。すぐに来てください」

靴を履き玄関を出ようとしていた夫が部屋に引き返してくる。

「意識なくなったって」

大急ぎで車を出す。

ブラックジョークなんか言ったからだろうか。さすがにちょっと言い過ぎたわ、ごめんよ。勝手だけど、頼むから、私達が着くまで死なないでいてほしい。死に際くらい立ち会わせてほしい。

車の中で義父母にも連絡した。すぐに来てくれるという。

一〇時頃、老人ホームに着いた。車を飛び降り、ロビーにいた看護師さんに声をかける。

「今、意識があるので、行ってあげてください」

？？？　意識がある？　どういうこと？？？

聞くと、トイレに行きたいとナースコールを押し、職員さんに抱えてもらってポータブルトイレに移乗しようとしたところで突然意識を失った。血圧もかなり下がっていたが、ベッドに寝かせ安静にしているうちに意識が戻ったということだった。

だらりと横たわった父は、三日前に会ったときよりも更にやつれ、目は虚ろで力がない。長い間お風呂に入っていないせいだろうか、体臭がツンと鼻をつく。酸素マスクをつけているが「はあ、はあ」としんどそうに呼吸をしている。明らかに父のすぐそばまで死が迫ってきていた。

どうしよう、父の前なのに、涙が出てきてしまう。さっきまでひどいことを言って笑い飛ばしていたのに、涙が出る。父に背を向けて涙を拭く。

看護師さんが三人、父のベッドを囲み、体をさすったりしながら話しかけてくれている。

「荒井さん、桜見に行こうよ。寝たまま乗れる車があるから」

必死で首を横に振る父。

「いい」

「嫌なん？　しんどい？」

「しんどい……」

「今ね、このお部屋の窓から桜が見えたらいいのにねって話してたところなんですよ」

しばらくすると酸素濃度も安定してきたので「大丈夫だと思います」と看護師さん達は居室を出て行った。父と、夫と息子と私の四人だけになる。父を元気づけようと思ったのか、はあはあと苦しそうな息遣いをしている父に夫が明るく話しかける。

「しんどいなあ。でもそれ(酸素マスク)してたらちょっとは楽やろ？」

「変わらん……」

「マスクしててもしんどいに決まってるやん」

思わず私も口を挟む。他にも話しかけようとした夫を私が止める前に、父が言った。

「もうしゃべらんといて」

きつい口調で、父が夫にそんな言い方をしたのは初めてだった。黙る夫。

仰向けになっていたが横を向きたいと言うので、勝手に体を動かしてはいけないと思いナースコールを押す。職員さんが来てくれる。

「血圧が変動するから、本当はやらない方がいいんですけど……」

そう言いながら、父の体を横向きの体勢に変えてくれた。

「意識もしっかりしてきたし、まだ大丈夫だと思います」

若い女性の職員さんは、父には聞こえないよう私達に小声でそう言った。

そうこうしているうちに義父母も来てくれた。

「お父さん、奈良のお義父さんとお義母さんが来てくれたよ」

「ええ？」

父本人がその方向に向きたいと言ったからなのだが、私達に背を向ける形で横を向いてしまったので、父から義父母の姿は見えない。「すんません」とか「ありがとう」

くらいは言ってくれるかなと思ったが「ええ？」と言ったきり何もしゃべらない。それだけどうしようもなくしんどいということだった。仕方がないので、私達だけで少し話をしていると、父は突然「寝たい」と言い出した。

「何？　もう帰った方がいい？」

義父母が到着してまだ一〇分も経っていない。

「うん」

帰れと言われたら、帰るしかない。せっかく来てくれたのにすみませんと義父母に謝る。と、そこへ看護主任が入ってきた。

「どうですか？」

「寝たいらしくて、帰れって言われちゃったんですよ」

「えー！」

「じゃあ、お父さん、また来るわ」

父の枕元に声をかける。

「――く」

弱々しい声で何か返事をしてくれたが、何と言っているか聞き取れない。

「え？　何？」

「――しく」

「何て？」

「よろしく!!」

怒られてしまった。

「うん。またね」

「……」

父はもう何も答えなかった。

車に乗り込み、来た道を引き返す。

「あー、腹立つわ！　クソジジイ!!　もう死ぬかもと思って大急ぎで来たのに、持ち直したどころか、憎まれ口まで叩く余裕すらあるやん。びっくりやわ。『帰れ』って何やねん」

「まあまあ」

みんながみんな「まだ大丈夫」という口ぶりだったので、私達はすっかり安心してしまった。夫はすぐに事務所へ向かったが、義父母はせっかく奈良から出て来てくれたので、家に上がってもらって少しお茶をした。義父母が帰ったところで私も息子の授乳をし、昼食をとり、息子が寝ているうちに用事を済ませる。息子が起きるとまた授乳して、十六時頃スーパーマーケットへ買い物に出た。スーパーマーケットは父を連れて行きたいと看護主任達にお願いしていた、あの桜通りにある。買い物の前に携帯電話で桜の写真を何枚か撮る。ほぼ満開。何本もの桜が道沿いにずらりと並んでとても綺麗だ。明日また父のところへ行くから、そのときに見せよう。

息子は抱っこ紐の中でまた眠ってしまった。帰ると、父がまだ家にいるときに頼んでいた宅配弁当の担当者が来てくれたので、お弁当代の支払いを済ませる。業者を変えたりもしてみたが、結局あまり手をつけてくれず、夫や私が食べてばかりだったな。仕方ないのか……。

洗濯物を取り込み、母方の親戚に父の状況を報告する。親戚が言う。

「これからもっともっと弱っていくんだろうね」

今でさえ相当弱っているのに、まだまだ弱っていくなら父はどんな状態になるのだろう。まだ出てきていないがんの痛みも現れたりするのだろうか。

また授乳の時間になった。終わったら私も夕食を食べて、お風呂に入って……と考えながらミルクを足し、飲み終えた息子を抱いて背中をトントンと叩いていると、電話が鳴った。十八時四十一分。老人ホームからだ。出ると、夜勤の男性看護師さんだった。

「すみません。頻回にお部屋を訪問させていただいていたのですが、先ほど訪問したところ、すでに呼吸が止まっていました」

「……そうですか」

息子を連れて行く準備があるので、そちらに着くまでに少し時間がかかりますと伝え、電話を切る。携帯電話を持っていたのと反対の手に抱きかかえていた息子を、そっとベビーベッドに寝かせる。

「おじいちゃんが死んじゃったよ」

二〇　別れの準備

夫や義実家に電話をかけながら、バタバタと家を出る準備をする。亡くなりましたと伝えると、案の定「えええー!!」と驚く義母。無理もない。

夫は仕事を途中で抜け出すわけにはいかず、義父母にも状況がわかり次第また連絡しますと伝えて、息子と二人で老人ホームへ向かった。十九時、外はもう真っ暗だ。息子を抱っこ紐に入れ、大きなママバッグを抱えて駅までの道を小走りする。

老人ホームの最寄り駅に着き、エレベーターに乗った。初老のご夫婦が「まあ、かわいい赤ちゃん」と声をかけてくれる。

ごめん、それどころじゃないねん。エレベーターを降りて走り出すが、気が動転していたのか、改札とは逆方向の通路に行ってしまい、慌てて引き返すと先ほどのご夫婦に笑われる。エヘへと笑い返しながら心の中で叫んだ。それどころじゃないねん。お父さんが死んだんよ。私のお父さんが、老人ホームで、死んだんよ。

真っ暗な通りを走っては歩き、走っては歩きを繰り返す。息子もママバッグも重くて早くは走れない。まだすわったばかりの息子の首が抱っこ紐の中で揺れている。そういえば、夜に外へ連れ出すのは初めてだった。暗くてびっくりしてるよね。ごめんね。声をかけながらまた走る。息子はキョトンとしながら抱っこ紐に収まっている。

ようやく老人ホームに着いた。時計は十九時半を指していた。生活相談員さんが待っていてくれた。父の居室がある階に行くと、赤ちゃんを抱えては大変だろうからと母方の叔母が来てくれていた。

遺体の清拭をしてくれているところだったので、終わるまで食堂の椅子に座って待つ。叔母が息子を抱っこしてくれ、その間に葬儀社に問い合わせをする。葬儀社の車が迎えに来てくれるのを、息子の授乳やおむつ替えなどを叔母に手伝ってもらいながら待つ。

父を看取ってくれたという夜勤の職員さんが来て、話を聞かせてくれた。日勤の職員さんが心配して十五分おきに巡回に行ってくれていたとのことで、この夜勤の職員さんも何度も父の様子を見に行こうとしてくれていたそうだ。

「荒井さん、今日は私が夜勤です。よろしくお願いしますね。もうすぐ晩ごはんだけど、食べられそう？　フルーツは？」

「しんどいからいらん」

最初に訪室したときにはそんなやり取りをしたそうだ。その後、食堂で夕食の配膳をしていると、居室からうめき声のようなものが聞こえた気がした。見に行くが父の様子は変わらず、苦しんだりはしていなかったという。配膳の途中だったので、また来るねと声をかけ、二分か三分後に再び居室を覗くと、もう呼吸が止まっていたのだった。喉元が動いていないから亡くなっているとわかっただけで、着衣も乱れず、眠っているようなとても穏やかな姿だったそうだ。

苦しまなかったんだ。よかった……。Tさんが「荒井さん、上手な死に方を教えてあげるよ」と、助けに来てくれたような気がした。

話しているうちに清拭が終わり、死亡確認のために先生がやって来た。呼吸が止まってから先生が到着するまでに時間が空いてしまったが、死亡確認を行った時間が書類などに書く死亡時刻になるそうだ。先生の後に続いて居室に入る。「二〇時六分です」先生が居室を出た後、父のそばに立ち、頬に触れた。父の瞼はうっすらと開いている。朝は「帰れ」と言ったくせに、まるで私達が来るのを待っていたかのようだ。

「お父さん、よくがんばったねえ。お疲れ様でした」

どれだけ憎まれ口を叩いていても、いざ亡くなるとやっぱり悲しかった。父の瞼を手でそっと閉じる。M先生に言われた余命の通り、きっちり三ヶ月。がんの激しい痛みも経験せず、何て静かな最期だったのだろう。本当に、眠っているかのような、安らかな顔をしていた。

葬儀社の方々が到着し、父の遺体と共に帰路に着く。真っ暗な車の中で息子は目をパチクリとさせている。一階の、掃除を終えたばかりの部屋に布団を敷き、父を寝かせる。出不精で、家にいるのが一番落ち着くお父さん。やっと家に帰って来れたね。

「小さなお子さんもおられることですし、葬儀の打ち合わせは明日行いましょう。今日はとにかく寝てください」

その時点で二十一時半を回っていた。葬儀社の方々が帰った後間もなくして義父母が来てくれた。一日に二回も奈良から出て来てもらうことになるなんて。

まさか今日亡くなるなんて思わなかったという話をしているうちに、仕事を終えた夫が帰ってきた。みんなで明日以降の相談をする。明日も仕事で不在の夫に代わり、義父母に来てもらって葬儀の打ち合わせなどを助けてもらうことにした。何度も足を運んでもらうのは申し訳なかったが、やむを得ない。

夕食の準備をする余裕がない私達のために、義父母がお弁当を買ってきてくれていた。夫がそれを配膳してくれ、その間に私は息子を寝かしつける。さすがに今日はお風呂には入れてあげられなかった。遅い時間まで起こしてしまって、ごめんね。二十三時半、やっとごはんが食べられる。

テーブルにつくと、買ってきてもらったお寿司の隣に、山盛りに白飯をよそった茶碗が置かれていた。

「俺、めっちゃ動揺してるな……」

今までどんなときでもしごく冷静に対応してくれていた夫がぼそりと言った。

翌日以降、更にドタバタのスケジュールとなった。義父母が来てくれていなければ、どうなっていたことだろうと思う。死亡診断書は母方の叔母が病院まで取りに行ってくれた。

寝ている息子を起こし、まずはお風呂に入れる。一階の浴室に連れて行くとき、部屋に横たわっている父の姿が見える。

「ほら、おじいちゃん寝んねしてるよ。お風呂入ってきます、って……」

想像していた以上に父が亡くなったことがショックだった。そんなことはずっと前から覚悟していたはずなのに。昨日なんかクソジジイとまで言っていたのに。何かするたびに泣けてきてしまう。息子は、部屋の向こうで顔に白い布をかぶせられて寝ているおじいちゃんをじっと見つめている。

お昼前に葬儀社の方々が来て、打ち合わせが始まった。夫が喪主となることも提案されたが、実の娘は私一人だ。私がやることにした。続いて、祭壇や供花、遺影などについて詳細を決めていく。

「ここまではプラン内で出来ますが、こちらはオプションとなります。こんなものもあんなものもあります。こちらをつけると……」

あまりの内容の細かさに何だか馬鹿馬鹿しくなり、途中で思わず吹き出してしまった。でも、父を送り出すための大切な儀式だ。ちゃんとやってあげないと。不器用な生き方しか出来なかった父のために、誰からも文句が出ないくらい、ちゃんとやってあげよう。

打ち合わせは時間がかかり、その間義母が息子のおむつを交換したり、抱いてあやしたりしてくれた。枕経の時間が決まったら連絡すると伝えていた高齢の親戚が、待ちきれずに父の顔を見にやって来たときも、義父が対応してくれた。本当に、いてくれなければどうにもならなかった。

十五時、枕経を上げにお寺のご住職が来てくれた。近所に住む親戚も集まってくれた。

「とうとう逝ってしもうたか……」

足しげく家に来て、父を励ましてくれていた母方の伯父がつぶやいた。

ご住職は、母が亡くなったときもお世話になった方だ。父は何も言っていなかったが、胃がんが見つかり最初の入院が決まった頃、一人で母のお墓参りに行っていたようで、そのときに話をしたとご住職が教えてくれた。「調子はどうですか？」と聞くと「あきませんねん。がんですねん」と言っていたが、笑っているのでてっきり冗談だと思っていたという。私達も、まさかあなたががんになって、こんなに早く亡くなるとは思っていなかったよ、お父さん。

訃報を知らせるため、合間を見てあちこちに電話をかける。葬儀は家族葬に近い形で、親族とごく親しい友人知人だけで執り行うつもりだったが、行きたかったのに知らせてもらえなかったという人が出てしまっては絶対にいけない。父の交友関係は私もほとんど知らず、電話帳や年賀状を頼りに、この人はと思う人には連絡した。

行きつけの喫茶店にかけるのは辛かった。ちょうどランチタイムの忙しさが落ち着いたくらいの時間帯だったが、馴染みの客が死んだことなんか仕事中に聞きたくないだろう。遠方で来てもらえそうにないが気になるという方にも念のため電話をかけた。私自身初めて話す方も多いし、年賀状のやり取りだけになっている遠い親戚にかけたときには「誰？」と思われているのが電話越しに伝わってきた。心の折れる作業だった。でも、もちろんやらないわけにはいかない。

最後の電話をかけ終えた頃にはもう夕方近くなっていた。息子は義父母に相手をしてもらったおかげか、よく眠っている。

その後は近所の方々へ報告。自治会の今年度の班長に当たっていたお家の奥さんが、各方面へ取り次いでくれた。今まで挨拶以外ろくに話もしたことがないのに、父と私のために動いてくれて、優しい言葉もかけてくれた。とてもありがたかった。

二〇時過ぎにやっと一段落した。こんなに大変な一日になるとは。母が亡くなったとき「人が一人死ぬというのは本当に大変なことなんだよ」と親戚から言われたが、それを体感した一日だった。ましてや乳飲み子を抱えてなのだから、余計に大変だ。でもこれからもっともっと大変なことが待っているのだろう。明日からは夫もいてくれるし、がんばらなければ。

義父母が帰り、息子をベビーベッドに寝かせてキッチンで用事をしていると、突然ベビーベッドの置いてある部屋からガタンという大きな音が鳴った。何事かと思い見に行くと、仰向けで寝かせていたはずの息子が、何故かうつぶせになっている。

「？」

仰向けに戻して息子のそばを離れる。しばらくすると、またガタンという音。またうつぶせに変わっている。何でだろう……。もしかして！

まさかこのタイミングで寝返りが出来るようになるとは。今まで以上に目が離せなくなるじゃないか……。

二十一　母の元へ

四月四日。夕方の通夜に合わせて段取りをする。式場に一泊する形となるので、自分や息子の荷物、父の棺に入れたいものなども全て揃える。亡くなる直前まで使っていたものは老人ホームに置きっぱなしになっていたので、その中で必要なものを夫が取りに走ってくれた。

「あ、お父さん、執拗なまでにトイレの落とし紙にこだわってたけど、天国行ってあの落とし紙がなかったら困るんちゃう!?」

一度戻ってきたのに、再び老人ホームに走る夫。

父はロールのトイレットペーパーを使わず、落とし紙を使っていた。抗がん剤の副作用で足元がふらつくようになり、杖を持つようになってからも自分で買いに行っていたのだが、あるとき片手に杖、もう片方の手に落とし紙の大きなパックを二つ持った状態で、行きつけの喫茶店の前で思い切り転んでしまったことがあった。そのことがきっかけで、買い物をしても両手がふさがらないようにとシルバーカーを買ったのだったが、その後も一生懸命自分で買いに行っていた。老人ホームに入所するときも、落とし紙を買ってきてほしい、落とし紙を忘れないように……と、しつこいくらい言われたのだった。棺に入れたいもの、一つ一つにそうしたエピソードがあった。

慌しく動き回りながら、ぐずる息子の相手もする。おじいちゃんの一大事にストレスを感じてしまっているのだろうか。久しぶりになかなか泣き止まない。私までまた泣けてきた。

「頼むわ、泣かんといて……」

私の方が泣きじゃくっていると、それを見てすうっと寝入ってしまった。

昼食をとり、喪服はあるが小物は揃っていないという夫がまた買い物に出かける。息子はぐっすり眠っている。私は父のいる部屋に行った。

父の顔にかかっている白い布をとり、父に向かって話しかける。

「お父さん。私な、お母さんが病気になってから、お父さんと全然話せへんかったやんか。何か話しかけられても無視したり、何やねんうるさいって言い返したり。怒鳴り散らすこともあった。でもお父さんは、私に対して怒り返したりしなかったし、何も言わなかったよね。

私、お父さんが嫌いやった。ほんまに、大嫌いやった。お父さんは、お母さんが死んでも私に対して何もしてくれなくて、食事も洗濯も掃除も家事は全部私に任せっきりやった。私が病気になってもお父さんは何もしてくれなかった。リストカットして血のついたタオルを部屋に置きっぱなしにしてるのを見てもお父さんは何も言わなかった。

何で何も言ってくれへんかったん？　何で何もしてくれへんかったん？　私、言ってほしかった。『お母さんは死んじゃったけど、二人でがんばって生きていこう』って言ってほしかった。ひどい態度取ったときも怒ってほしかった。私の病気のことも理解してほしかった。助けてほしかった。でもお父さんは何もしてくれへんかった。ほんまに嫌いやったし、他のお家みたいな普通のお父さんがほしいと思ってたし、お母さんじゃなくてお父さんが死ねばよかったのにとも思ってた。でも、結婚して、離れて暮らすようになって、お父さんに優しくしようと思えるようになってきた。

でもお父さんはがんになって、私達が同居するようになってからも、全然私達の言うこと聞かへんかったり、いらんことばっかりしてたよね。私、優しくするつもりやったのに、出来へんかった。怒ってしまったし、ひどいこともいっぱい言った。ごめんな。もっと優しくすればよかった。ごめんな。

お父さんにも私にちゃんと謝ってほしかった。たった一言でいいから『ごめん』って言ってほしかった。今からでもいいやん。話しよう。いっぱい話しようや。話しよう……」

最後に父に向かってずっと抱えていた気持ちをぶつけた。死んでるんだから、今まで以上に言いたい放題だ。でもこれが最後なのだ。式場に入ったら、もう二人きりで話すことは出来ない。体がなくなってしまったら、思いをぶつけることも出来ない。

返事はないが、最初で最後、父と私が、腹を割って話せた時間だった。

涙の向こうで、眠っている父の目がかすかに開いたような気がした。


十五時、家を出発。葬儀社の車には父と私だけが乗り、夫は息子を連れて自分の車で後をついてきていた。生きている間に見せてあげられなかったので、せめてそばを通るだけでも、と例の桜通りを通って式場に行ってもらうようお願いしていた。

曇り空だが、桜は満開だ。

「うわあ、こりゃすごいわ。造幣局の通り抜けよりええわ。目の保養になった。僕からもありがとう」

運転手さんが言ってくれた。

「親孝行な娘さんやなあ」

「そんなことないです。私、いつも父にひどく怒ってばかりで……」

「娘っていうのはそんなもんよ。お父さんは嬉しかったと思うよ。孫の顔まで見せてもらって」

「はい……」

すっかり涙腺がゆるんでしまっていて、車の中でもまた泣いてしまう。

式場に入る。老人ホームで結局一度もお風呂に入らなかったので、湯灌をお願いしていた。若い男の子と女性が二人、計三名のスタッフの方が、父の体を丁寧に洗ってくれる。その様子を、すぐそばで私達も見守った。ガリガリに痩せてミイラみたいな父の体。背中を洗うために体の向きを変えると、目や口がうっすらと開いて、まるで笑っているかのような表情になった。

「何か、気持ちよさそうやなあ」

「ほんまやな。一ヶ月近くお風呂入ってなかったもんな」

「一回でもいいからヘルパーさんに入れてもらえばよかったのに」

「まあ、こうして最後に綺麗に洗ってもらえたからええやん」

すみずみまで洗い終えた後、用意していた服に着替えさせてくれた。

「このシャツは新品ですか？」

一人の女性スタッフの方に尋ねられる。

「いえ、もう何十年も着てるものなんです。新婚旅行の写真もこれを着て写っているから……四〇年？」

「えー！　そんな風に見えませんね。大切に着ていらっしゃったんですね」

父が亡くなったときは、必ず湯灌をしてもらって、そのシャツを着せてもらおうと前から決めていたのだった。元気な頃の父にも「もうずっと着てるから、もしお父さんが死んだときは、最後にこの服着せたるわ」なんて冗談めかして言ってあった。父は黙って笑っていたが。

父の遺体は祭壇のある部屋に運ばれ、納棺の儀を行う。義父母と、父の姉夫婦が来てくれた。父の日に夫と私からプレゼントしたポロシャツ、誕生日にあげた地図帳、いつも日記帳代わりに使っていた大学ノートとボールペン。持ってきた品物を一つ一つ、全員で棺に納めていく。もちろん、夫が老人ホームまで取りに帰ったトイレの落とし紙も忘れずに。

食べ物以外の全ての品物を納めた後、その上から布団をかける。父の体が見られるのはこれが最後だそうだ。みんなで父の手を握る。息子にも握手をさせた。親族が集合し、私は控え室で司会の方との打ち合わせを行う。義母に頼んで息子にミルクをあげてもらい、夫が親戚達の相手をしてくれた。本来全て私がやらなければならないことだが、免除してもらった。

そうして、開式が近づいていく。予想していた以上に沢山の方が来てくれた。行きつけの喫茶店の店員さん達、近所の方々、母が生きていた頃からお世話になっていた方々。小さな会場がいっぱいになった。ありがたかった。

私は努めて気丈に振る舞っていたが、焼香のとき、小さい頃から姉のように慕って、しょっちゅう手紙のやり取りをしていた母の友人の姿が見えたときには、涙がこらえられなかった。通夜が終わった後、抱き合って泣いた。お姉さんは自分のハンカチで私の涙を拭いてくれた。

「私、何も後悔してないねん。最後は一緒に住んで、孫の顔も見せられたし、納得いくまで見てあげられたから……」

「そう思えるくらいお父さんのそばにいてあげられたことは、すごいことやと思うよ」

その「孫」は通夜が始まる直前にぐずり出し、義母が慌てて控え室に連れて行った。座布団の上に置くと眠ってしまったそうで、そのまま通夜の間中静かにしてくれていた。

滞りなく終わり、別室で父の姉夫婦と義父母、それに私達で食事をしていると、遅れて弔問に来てくれた人がいるとスタッフの方が知らせに来てくれた。Tさんの奥さんだった。仕事を終えてから駆けつけてくれたのだ。

「パパが迎えに来たのね……」

しばらく父の棺の前で話し込んでいたが、義父が呼びに来てくれた。

「よかったらみんなで食事をしましょうや」

「ええ、そんな。申し訳ないです」

「お恥ずかしい話なんですが、親戚全員分の食事を用意していたのに、みんな体調が悪かったり都合があって帰ってしまったんです。父の姉夫婦もさっきまでいたんですが、高齢なので無理はさせられなくて。料理が沢山余ってしまうので、ご迷惑でなければ、助けてやってください」

そうして、半ば無理矢理Tさんの奥さんを連れ込み、一緒に食事をした。奥さんはTさんの闘病生活や、家族の話を沢山聞かせてくれた。奥さんと会ったのは、Tさんの手術が成功して退院したとき、危篤の知らせをもらって面会に行ったとき、Tさんのお通夜のときと、そして今日。初めてゆっくり話すことが出来た。Tさんがどれだけ自分の家族を愛していたか、家族の方もTさんのことがどれだけ好きだったかがよくわかった。二人とも苦しまずに亡くなった。きっと、二人で仲良く天国へ行ったのだろう。

その夜は式場のお風呂に息子と一緒につかり、寝かしつけた後、余った大量のご馳走をつまみながら喪主挨拶を考えたり、手紙を書いたりして過ごし、二時半に授乳をしてから眠った。朝方一度目が覚めて線香が消えていないか確認しに行ったりしたが、私の気づかない間に夫も何度も起きては線香番をしてくれていたようだった。


四月五日、告別式。形ある父と最後の別れをする日だ。

朝食の際に通された部屋に置いてあった新聞が、父が好んで読んでいたのと同じものだったので、式場の方に頼んで譲ってもらった。棺に入れさせてもらうことにする。

身支度をして、司会の方と今日の打ち合わせをする。その途中、大切な親戚がやって来た。父方の伯父、つまり父の兄だ。遠方で通夜はどうしても来られず、今日初めて来てくれたのだった。

母の葬儀以来なので、伯父と会うのは十七年ぶりなのだが、挨拶もそこそこにお願いをした。

「今日の告別式で、止め焼香をしていただけませんか」

止め焼香とは、主に西日本で見られる焼香の形式で、故人に一番近い親族が行うものだ。故人の血縁で、一番年長の男性に頼むものなのだそうだが、父の場合は伯父以外に該当する親族はいない。

「私でいいんですか？」

「おじさんしか出来る人はいません」

「わかりました」

よかったですね、と司会の方もにっこり笑ってくれている。

伯父と父とは、私が生まれるよりも前に親族間のトラブルが原因で、疎遠になっていた。母が亡くなったときに親族間の溝は決定的になり、電話も年賀状のやり取りも、連絡はほぼ取っていなかった。胃がんが見つかったときも、父は「連絡しない」と言っていた。

「兄弟やのになあ。何でこんなことになってしもうたんやろなあ……」

だから、父が老人ホームに入所し、その後だんだん衰弱していったときも、伯父に連絡するべきかどうかすごく迷った。結局は父の姉が、何かあってからでは遅いからと電話をかけてくれていた。亡くなる五日前に老人ホームにテレビや布団を運びに行ったとき、父は私に「兄貴が来た」と言った。

「え、おじさんが来たん？」

「うん」

「今まで連絡取ってなかったのに。誰が知らせたんやろ。お父さん、おじさんが来て嫌やったん？」

「いいや。嫌じゃない」

「そうか。それならよかった」

私が伯父と直接話したのは、父が亡くなった報せを入れるときだった。電話口で「弟が世話になって、申し訳なかったね」と言ってくれた。伯父がどんな人かも全く知らなかったが、少なくとも電話での印象は思っていたそれとは全く違ったし、今日来てくれて少し話した限りでも、それまでのイメージとはかけ離れた気さくで明るい人柄だった。

一体、何が原因で揉めていたのだろうか。伯父もそのことについては一切触れなかった。「弟の娘」に対して、大人としての対応をしてくれたのだと思う。

父は、伯父が来たと私に教えただけで、どんな話をしたのかは教えてくれなかった。

後で伯父に聞くと、父の居室を訪ねたとき、長い間会っていなかったのと、病気で父の顔つきがかなり変わっていたこともあり、最初はお互いに誰かわからなかったという。名前を名乗って初めてわかった。しばらくは涙で何も話せなかったという。「食べられるもん食べて、元気出しや。また来るからな」と言って別れたそうだ。

もっと早くに私から知らせるべきだったのだろうか。でもどうすればいいかわからなかった。でも、間に合って、父と会って話すことが出来て本当によかった。伯父も「よかった」と言ってくれた。

「兄弟やのになあ」と言っていた父。兄弟だから、最後は言葉がなくともわかり合い、涙を流し通じ合うことが出来たのだろう。

伯父も来てくれ、無事告別式を執り行うことが出来る。

父の棺の傍らには、母の遺影が置かれた。十七年間離れ離れになっていた母と、ようやくまた一緒になることが出来る。


告別式は親族のみで、文字通り家族葬という形となった。息子は通夜とは打って変わってしっかり目を覚ましていたので、夫が膝の上に乗せて読経を聞かせ、焼香も一緒に行った。

棺の蓋を開け、親族みんなで父を囲む。花を沢山入れていく。用意していた食べ物もどんどん入れていく。

「いちご食べてな」

「おやつによく食べてた大福」

「ラーメン。天国でお母さんに作ってもらいや」

「タバコ取り上げてごめんなあ。もう好きなだけ吸っていいからね」

夫が隣で苦笑している。私の顔は涙でぐちゃぐちゃだ。

「ほら、おじいちゃんにバイバイして」

息子に声をかけると、あろうことかさっきまで起きていたはずの息子は、夫の腕の中でぐったり眠っていた。

「ちょっと、起きて。ほら起きてよ。もうおじいちゃんと会われへんねんで。ちょっとちょっと……」

おじいちゃんと一緒に「寝んね」したつもりだったのだろうか。それとも、母親があまりにも大泣きしているのを見て、ストレスから自分の身を守るために眠ってしまったのだろうか。その一瞬だけで、棺を閉めるときにはもう目を覚ましていた。

最後に、ご家族だけの時間を作ってあげましょうと式場の方に言われ、私一人で父の前に立つ。頬をなでる。母のときは、こんな時間は作ってもらえなかった。他の親戚達に押し出されて、棺から離れたところで一人で泣いていた。

「お父さん。ひどいことといっぱい言ってごめんな。ありがとう。今までありがとう。ありがとう」

振り返ると、夫も泣いている。父に散々怒鳴り散らしていた私が「ありがとう」と何度も言っている姿を見て泣けてしまったそうだ。嫁が死んだって絶対に泣かないと豪語していた夫が、義理の父親の葬儀で、娘の私と同じように顔をくしゃくしゃにして大泣きしている。

最後にもう一度みんなで棺を囲み、お別れをする。

「ええとこ行きや」

「ええとこ行きや」

「義兄さん、お姉ちゃんに、よろしく伝えてね」

「お父さん、ありがとう」

「では、お名残惜しいですが、ご出棺の準備をさせていただきたいと思います。ご親族の皆様は、こちらへお集まりください」

みんな集まったが、伯父だけが棺のそばに残ったまま、父を見つめている。おじさん、おじさん、こっちやでと夫が声をかける。私がそれを止める。

「ええねん。最後やから」

伯父はしばらく父の顔を見つめていた。ものすごく久しぶりに、何のわだかまりもなしに弟に会えたと思ったら、数日後に死んでしまったのだ。幼い頃は仲のよい兄弟で、父はいつも「兄ちゃん、兄ちゃん」と伯父の後ろをついて回っていたのだそうだ。そのときのことを、思い出していたのだろうか。

とうとう出棺となり、棺は閉められ、式場を出る。後は焼かれて、骨になって帰ってくるだけだ。

火葬場までの道のりに私達は目を見張った。満開の桜の花々が風になびいていた。天気もよく、太陽の光に照らされて、何て美しいのだろう。夫が口を開いた。

「おじいは、花咲かじいさんやったんやな」

「あれだけわがままして、私達のこと振り回してたけど、苦しまずに死んだ上に、この満開の桜。最後だけは綺麗に逝ったなあ」

「ほんまやな」

「何かむかつくわ」

「何でやねん」

桜吹雪の舞う中、母の元へ旅立っていった父。これから毎年、桜の花を見るたびに、私達は父のことを思い出すのだろう。そして、何だか癪な気持ちになるのだろう。

追記

父はもしかしたら自閉スペクトラム症だったかも知れないという記述に関しましては、あくまでも著者自身の見解であり、精神科医や内科医にアドバイスを求めたことはあっても、検査や診断を受け確定していたわけではありません。

父には自閉スペクトラム症の特徴に当てはまる部分が多く見受けられましたが、コミュニケーションの取りづらい人が全て発達障害であるというわけではありません。

もし、身近にいる方に気になる特徴や症状が見られる場合は、専門の書籍を参考にしていただくか、専門機関に相談されることをおすすめいたします。

著者略歴

荒井　美紀（あらい・みき）

大阪府出身。大阪市立大学文学部人間行動学科卒。

小学校四年生から女優に憧れ、中学・高校時代は演劇部に所属。大学入学後は関西小劇場界にて舞台演劇活動を行う。

大学在学中に医療事務のアルバイトを始め、以降、総合病院検査室でのアシスタント業務や、在宅医療を行うクリニックでの事務、処方せん薬局での調剤事務などを経験する。

結婚する際にホームヘルパー二級の資格を取得していたが、父の介護を満足に行えなかったことの悔しさもあり、現在デイサービスの施設にて介護の勉強を行っている。

一児の母。

ダブルケア
新生児と（自閉スペクトラム症かも知れない）
末期がん父　怒涛の１１０日間

2019年9月2日　初版第1刷発行

著　者　荒井 美紀
発行者　金井 一弘
発行所　株式会社 星湖舎
〒543-0002
大阪市天王寺区上汐 3-6-14-303
電話 06-6777-3410　FAX06-6772-2392
編　集　田谷 信子
装　丁　藤原 日登美
印刷・製本　株式会社 国際印刷出版研究所

ISBN978-4-86372-107-4